쉰 살의 남자

쉰 살의 남자

Der Mann von fünfzig Jahre

요한 볼프강 폰 괴테 지음
김숙희 옮김

평사리

쉰 살의 남자

초판 1쇄 펴냄 2006년 6월 1일
지은이 요한 볼프강 폰 괴테
옮긴이 김숙희
편 집 이승용
펴낸이 홍석근
펴낸곳 평사리 Common Life Books
신고번호 313-2004-172 (2004. 7. 1)
주 소 (121-865) 서울시 마포구 신수동 448-6 B동 2층
전 화 (02) 706-1970 팩 스 (02) 706-1971
www.commonlifebooks.com
ISBN 89-955561-8-8 (04850)
   89-92241-00-3 (세트)

* 잘못된 책은 바꿔드립니다.
* 가격은 표지에 있습니다.

(CIP제어번호 : CIP 2006001103)

차례

쉰 살의 남자   9
작품해설   137

내 오늘 기분이 어떤가!
만족스럽고 명쾌해!
싱싱한 어린아이의 피가 뛰놀 때는
그리도 거칠고 음울했건만
그러나 세월에 시달리다보니
내 편안한 기분이로고
그 붉은 뺨을 생각하면서
다시 그걸 가져왔으면 하노라

                         - 호라티우스

1

 소령은 말을 타고 대농원 안으로 들어섰다. 성 안으로 이어지는 바깥 계단에는 질녀 힐라리에가 그를 마중하기 위해 벌써 나와 서 있었다. 그는 하마터면 그녀를 알아보지 못할 뻔 했다. 그 동안에 그녀는 더 키가 크고, 더 아름다워져 있었다. 힐라리에는 나는 듯이 그를 향해 걸어 왔다. 그는 아버지 같은 심정으로 그녀를 가슴에 안았다. 그들은 서둘러 그녀의 모친에게로 올라갔다.

 그의 누이인 남작부인 역시 그를 환영하였다. 아침식사를 준비하기 위해 힐라리에가 서둘러 밖으로 나가자, 소령은 즐거운 마음으로 흔쾌히 말했다.

"이번에는 우리 사업이 잘 마무리 되었다고 간단히 말할 수 있게 됐어요. 우리 형님 대원수께서, 자신은 소작인들과도, 또 관리인들과도 일을 제대로 해 나갈 수 없다는 걸 잘 깨닫고 계시더라고요. 그러니 살아계시는 동안에 우리와 우리 아이들에게 재산을 양도하실 겁니다. 물론 그분이 요구하는 연간 액수가 무리한 것이긴 하더군요. 하지만 우린 그 돈을 어떻게든 해드릴 수 있을 거예요. 현재로서도 우리가 얻는 것이 많고, 앞으로는 모든 것을 다 얻게 될 테니 말입니다. 새로운 계획에 곧 착수해야 할 거예요. 나도 머지않아 현직에서 물러나야 하겠지만, 그래도 다시 활동적인 삶을 누릴 수 있게 되었고, 그건 우리와 우리 아이들에게 결정적인 이득을 가져다줄 겁니다. 우린 조용히 우리 아이들이 자라는 것을 지켜봅시다. 그렇지만 그들의 결합을 서두르는 것은 우리에게, 그리고 그들에게 달렸어요."

"그렇겠지. 나도 이제야 알게 된 비밀을 만약 자네에게 털어놓지만 않는다면 말이야."

남작부인이 말했다.

"그러면 모든 것이 다 잘 되었을 텐데. 그러나 이제 힐라리에의 마음은 더 이상 자유롭지가 않다네. 그녀 편에서 보자면, 자네 아들은 거의 희망이 없거나 혹은 전혀 희망이 없어."

"뭐라고요?"

소령이 외쳤다.

"그게 가능한 일이오? 경제적으로 미리 대비하기 위해 그 동안 온갖 애를 다 썼는데. 그 아이의 연정(戀情)이 우리에게 이런 장난을 치다니! 말하시오. 누이, 어서 말해요. 힐라리에의 마음을 사로잡은 자가 누구요? 사정이 벌써 그렇게 심각한 거요? 어쩌면 다시 떨쳐버릴 수 있는 일시적인 감정은 아닐까요?"

"우선 생각부터 좀 하고 충고를 하게나."

남작부인의 이 같은 대꾸는 소령의 초조함을 더욱 부추겼다. 그 초조함이 극도에 달했을 때 힐라리에가 아침식사를 든 하인들과 함께 들어서는 바람에, 수수께끼를 곧장 풀기는 불가능해져 버렸다.

소령은 자신이 이 어여쁜 아이를 조금 전과는 다른 눈

으로 보고 있다고 생각했다. 이토록 아름다운 마음속에 그 모습을 새겨 넣을 수 있었던 행복한 남자에 대해 그는 거의 질투하고 있는 듯 느꼈다. 아침 식사는 통 맛이 없었다. 또 그가 가장 좋아하던 대로, 평소 바라고 요구하던 대로 모든 것이 갖추어져 있다는 사실조차도 알아차리지 못했다.

이 침묵과 정체 때문에 힐라리에는 거의 명랑함을 잃어버렸다. 남작부인은 당황하여 딸을 피아노 앞으로 끌고 갔다. 그러나 그녀의 재치 있고 감정에 가득 찬 연주도 소령에게서 별로 박수를 이끌어내지는 못했다. 그는 이 예쁜 아이도, 아침식사도 빨리 사라져주면 좋을 것 같았다. 할 수 없이 남작부인은 이 자리를 벗어나기로 결심하고 남동생에게 정원으로 산책을 나가자고 제안했다.

그들만 있게 되자 소령은 곧바로 아까 했던 질문을 절박하게 되풀이했다. 그러자 누이는 잠시 침묵한 후 미소를 지으며 대답했다.

"그녀가 사랑하는 그 행복한 남자를 찾고 싶다면 그리 멀리 갈 필요가 없지. 바로 여기 가까이 있다네. 그녀는 자네를 사랑하고 있어."

소령은 당황하여 멈춰 섰다. 그리고는 소리쳤다.

"만약 누님께서 진심으로 날 불행하고도 당황스럽게 만들 그 무엇인가에 대해 납득시키려 하신다면, 그건 지금 대단히 어울리지 않는 농담이군요. 이 놀라움에서 벗어날 시간이 당장 필요하든 아니든 간에, 한눈에 이미 알겠군요. 이 예기치 못한 사건으로 우리의 상황이 얼마나 방해받게 될지 말이에요. 한 가지 위로가 되는 건, 이런 종류의 연정이란 그저 겉보기에만 그럴 뿐이라는 거죠. 그 배후에는 자기기만이 감춰져 있다는 것, 참으로 선한 영혼은 자기 자신의 힘으로 혹은 양식 있는 사람들의 약간의 도움으로 그런 실수로부터 곧장 회복된다는 확신이죠."

"내 생각은 다르다네."

남작부인이 말했다.

"왜냐하면 모든 징후로 보건대 힐라리에를 휩싸고 있는 것은 대단히 진지한 감정이거든."

"그토록 자연스런 아이로부터 그토록 부자연스런 것이 생겨나리라고는 정말 생각도 못했어요."

소령이 말했다.

"그건 그리 부자연스런 게 아니라네."

누이가 말했다.

"나 자신도 젊은 시절, 지금 자네보다 더 나이 많았던 남자에 대해 열정을 품었던 사실을 기억해. 자네는 쉰 살이야. 그건 독일인에게는 아직 그리 많은 나이가 아니라네. 어쩌면 보다 활기찬 다른 민족의 사람들은 더 빨리 늙을지 모르지만."

"하지만 무엇으로 누이의 그 추측을 뒷받침하시겠어요?"

소령이 말했다.

"추측이 아니야. 이건 확신이야. 자세한 것은 차츰차츰 들어야겠지."

힐라리에가 그들과 합류했다. 소령은 자신의 의지와는 달리, 다시금 자신이 변했다고 느꼈다. 그녀의 존재가 전보다 더 사랑스럽고 가치 있게 생각되었다. 그녀의 행동거지가 더욱 다정하게 여겨졌다. 이미 그는 누이의 말에 믿음을 부여하기 시작하고 있었다. 그 자신 고백하고 싶지도, 허용하고 싶지도 않았지만 그의 기분은 지극히 편안했다. 힐라리에는 그 태도 속에 연인에 대한 다정한 수줍음과 숙부에 대한 자유로운 편안함을 마음속 깊이에서부터 결합시키고 있어서, 그야말로 지극히 사랑스러웠다. 그녀는 정말이지 온 영혼을 다하여 그를 사랑하고 있었다. 정원은 온통 봄의 화려함에 싸여 있었다. 그리고 소령은 그토록 많은 늙은 나무들에 다시 잎이 돋는 것을 보면서, 자기 자신의 봄도 다시 온 것을 믿을 수가 있었다. 이 사랑스런 아가씨 앞에서 그 누가 그런 미혹에 빠지지 않을 수 있겠는가!

이렇게 그들은 이날을 함께 보냈다. 집안의 모든 평상시 일들이 아주 기분 좋게 처리되었다. 저녁 식사를 마치고 힐라리에는 다시 피아노 앞에 앉았다. 소령은 이날 아침과는 다른 귀로 음악을 들었다. 한 멜로디가 다른 멜로디에 섞여들고, 한 노래가 다른 노래에 이어졌다. 이 작은 모임은 자정이 되어도 헤어지려 하지 않았다.

자신의 방에 들어왔을 때 소령은, 모든 것이 그가 익숙한 대로 편안하게 정리되어 있음을 발견했다. 심지어 몇

몇 동판화는 다른 방에서 떼어져 와 걸려 있었는데, 그것들은 그가 그 앞에 멈춰 서서 즐겨 보던 것들이었다. 이제 모든 것에 주의를 기울여 보니, 아주 세세한 것까지 자신이 원하는 꼭 그대로 배려 받고 있음을 그는 깨달았다.

이날은 그저 몇 시간의 잠으로 족했다. 그의 삶의 활력은 아침 일찍부터 깨어났다. 그러나 새로운 사물의 질서가 많은 불편함을 야기시킨다는 사실을 그는 불현듯 깨달았다. 소령의 마부는 하인과 시종 일을 함께 맡고 있었는데, 소령은 지난 수년간 그에게 한마디도 싫은 소리를 하지 않았었다. 말들은 잘 돌보아졌고, 의복은 제시간에 맞춰 깨끗하게 손질이 되었었다. 그런데 평소보다 일찍 일어난 주인은, 아무것도 마음에 들어 하지 않는 것이었다.

게다가 소령의 조급함과 안좋은 기분을 더욱 부채질하는 또 다른 상황이 발생했다. 평소에는, 그에게나 하인에게나 문제될 일이 아무것도 없었다. 그런데 이제 거울 앞에 선 소령은 자신의 모습이 원하던 대로가 아님을 발견했다. 몇 올의 흰 머리카락은 부인할 수 없었고, 주름살도 몇 개 생겨난 것 같았다. 그는 평소보다 얼굴을 많이 문지르고 분을 발랐다. 그럼에도 결국 되는 대로 내버려두는 수밖에 없었다. 의복과 그 깨끗함에도 그는 만족할 수가 없었다. 상의에는 여전히 실밥이 보이는 것 같았고, 부츠에도 아직 먼지가 남아있는 것 같았다. 나이든 하인은 뭐라고 말해야 할지 알 수가 없었다. 그저 이토록 변해버린 주인을 보고 어안이벙벙할 뿐이었다.

이 모든 방해물들에도 불구하고 소령은 충분히 일찍 정원에 모습을 나타냈다. 볼 수 있으리라 바랐던 힐라리에를 그는 실제로 발견했다. 그녀는 꽃다발을 들고 그에게 다가왔다. 그는 평소처럼 그녀에게 입 맞추고 가슴에 안을 용기를 낼 수가 없었다. 그는 이 세상에서 가장 달콤한 당황함 속에 빠져서는 그저 감정에 자신을 내맡겼다. 그것이 어디로 향해갈지는 생각하지 않은 채.

남작부인 역시 오래 지체하지 않고 모습을 나타내었다. 그녀는 방금 하인이 건네준 쪽지편지를 동생에게 보여주면서 큰 소리로 말했다.

"이 쪽지가 누구에게서 온 건지 자네는 모르겠지."

"곧 알게 되겠지요!"

소령이 대꾸했다.

그는 오랜 옛날부터 알고 지내던 연극배우 친구가 이 영지에서 멀지 않은 곳을 지나다가 잠깐 방문하려 한다는 사실을 전해 들었다.

"그를 다시 보고 싶네요."

소령이 말했다.

"그는 이제 더 이상 젊은이가 아니겠지요. 아직도 젊은 역을 맡는다고 듣긴 했지만요."

"자네보다 아마 열 살은 더 먹었지."

남작부인이 말했다.

"그럼요. 내 기억하는 바로는 그래요."

소령이 말했다.

그리 오래지 않아 잘 빠진 체격에, 호감을 주는 인상의 쾌활한 남자가 다가왔다. (사람들은 재회하면서 한순간 멈칫했다.) 그러나 곧 친구들은 서로를 알아보았고, 온갖 종류의 추억이 대화를 활기 있게 해주었다. 사람들은 이야기를 나누다가 질문을 하기도 하고 답을 하기도 했다.

서로 근황을 알려 주는 사이, 그들은 그 동안 전혀 헤어져 있지 않았던 것처럼 느꼈다.

비밀스레 떠도는 이야기에 의하면, 이 남자는 젊은 시절 매우 잘 생기고 매력적인 젊은이였을 때, 어느 우아한 귀부인의 마음에 드는 행운 혹은 불운을 겪었다 한다. 그 일로 인해 그는 대단히 곤란한 처지에 놓이게 되었고 위험에 빠졌었는데, 슬픈 운명이 그를 위협하던 바로 그 순간에 다행히 소령이 그를 그 난관에서 구해 주었다는 것이다. 그 배우친구는 남동생에게도, 누이에게도 늘 고마워하고 있었다. 왜냐하면 누이가 적시에 그에게 조심하라고 경고해 주었기 때문이었다.

식사를 앞두고 얼마간 남자들만 남게 되었다. 경탄의 염이 없지 않은 채, 어느 정도는 놀라워하면서 소령은 그 늙은 친구의 거동을 전체적으로 이모저모 관찰했다. 친구는 전혀 변하지 않은 것처럼 보였다. 그가 지금도 여전히 무대 위에서 젊은 연인의 역할로 등장하는 것은 전혀 이상한 일이 아니었다.

"자네 나를 필요 이상으로 주의 깊게 보는구먼."

그가 마침내 소령에게 말했다.

"옛날보다 너무 많이 변했다고 생각할까봐 겁이 나는군."

"전혀 그렇지 않아."

소령이 말했다.

"오히려 자네 겉모습이 나보다 더 생기 있고 더 젊어보여서 감탄하고 있는 중이라네. 세상물정 모르는 풋내기의 무모함으로, 어떤 곤란한 상황에 처한 자네를 도왔던 때, 그때 이미 자네는 한창 나이였던 것으로 알고 있었는데 말일세."

"그건 자네 책임이야."

상대방이 대답했다.

"암, 자네 같은 사람들의 책임이지. 그것 때문에 책망까지 받아야 할 필요는 없겠지만, 그래도 비난은 받아 마땅하지. 자네들은 그저 꼭 필요한 일만 생각해. 존재하려고만 하지 그럴 듯하게 보이려고는 하지 않는단 말일세. 그래도 제법 중요한 사람일 때는 괜찮아. 하지만 결국 존재가 겉모습과 작별하기 시작하고 겉모습이 존재보다 덧없는 것이 되면, 그때서야 누구나 깨닫지. '속 내면만큼 겉모습을 소홀히 하지 않았더라면 좋았을 텐데' 하고 말일세."

"자네 말이 옳으이."

소령은 대꾸하면서 한숨이 흘러나오는 것을 감출 수가 없었다.

"어쩌면, 그렇게 옳은 건 아닐지도 몰라."

나이든 젊은이가 말했다.

"물론 우리 같은 직업에서는 겉모습을 오래 다듬고 손질하지 않으면 그거야 용서할 수 없는 일이지. 하지만 자네들은 우리 일보다 더 중요하고 더 지속적인 다른 일들을 돌봐야 하잖나."

"그래도……."

소령이 말했다.

"내적으로 생기 있다고 느끼면서 겉모습도 다시 원기 있게 되었으면 하고 바라는, 그런 일들이 있는 것 아닌가."

방문객은 소령의 진짜 속내를 알 수가 없었으므로, 소

령의 이 발언을 그저 군인정신에서 나온 것이겠거니 받아들이고는, 이 문제에 관한 자신의 생각을 장황하게 늘어놓았다. 군인들에게도 외형적인 것이 얼마나 중요한지, 의복에 많은 주의를 기울이는 장교가 피부와 머리에도 신경을 쓸 수 있다는 등등.

"예를 들면," 그는 말을 이었다.

"자네의 관자놀이가 이미 희어지는 것, 여기저기 주름이 생기는 것, 자네의 정수리 부분이 대머리가 되려 하는 것은 무책임한 일이라네. 이 늙은이야, 나를 보게! 내가 날 어떻게 보존시켜 왔는지 보게! 이 모든 것은 그리 법석을 떨지 않고도, 또 사람들이 매일 하는 것보다 약간만 더 수고를 들이고 조심성을 기울이면 되는 일일세. 보통 사람들이야 매일 애를 쓰며 스스로를 못 쓰게 만들고 지루하게 만들지만 말일세."

소령은 이 우연한 상담을 하면서, 이를 금방 중단하기에는 얻을 것이 너무나 많다는 것을 발견하였다. 그는 내색하지 않은 채 이 옛 지인에 대해 신중한 작업에 들어갔다.

"유감스럽게도 난 그만 놓치고 말았네!"

그는 부르짖었다.

"뒤따라 잡을 수도 없어. 난 이미 항복했다네. 자네 그 때문에 날 더 나쁘게 생각하진 않겠지."

"놓치는 건 아무 것도 없어!"

상대방이 대답했다.

"자네들 진지한 남자들이 그렇게 완고하고 무뚝뚝하지만 않다면 말일세. 외모에 신경 쓰는 사람을 곧장 허영 덩어리로 낙인찍고는, 기분 좋은 사교모임에 나가는 즐거움이나, 스스로에 대해 흡족해 하는 즐거움을 축소시키지만 않는다면 말일세."

"만약 그것이 어떤 마술도 아니라면 말이지," 소령은 미소 지었다.

"자네들이 어떻게 계속 그런 젊음을 유지할 수 있는지, 그건 아무래도 비밀이겠지. 아님 적어도 불가해한 일이거나. 가끔 신문에서는 그런 것을 칭찬하곤 하더군. 자네들은 그런 것 중 최상의 것을 찾아 실험해볼 줄 알겠지."

"자네 말이 농담이건 진담이건 간에," 친구가 대꾸했다.

"자네, 정확히 맞추었네. 내면보다 일찍 시들어버리는 외모에다 약간의 양분을 주기 위해 내가 오래 전부터 자주 시도해본 많은 것 중에는, 실제로 대단히 귀중한 - 합성하기도 하고 그렇지 않기도 한 - 방법들이 있다네. 내 예술계 동료들이 전해준 것인데, 돈을 지불하거나 우연히 얻어서, 모두 내가 직접 실험해본 것들이라네. 난 그 방법들을 지금도 쓰고 있고 또 고수하지만, 그렇다고 앞으로의 연구를 포기하는 건 아니라네. 난 항상 화장품 케이스를 들고 다니지. 어떤 일이 있더라도 말이지! 자그마한 상자인데, 만약 우리가 2주간만 함께 있다면, 내 그 상자의 효력을 자네에게 실험해 보고 싶네만."

 이런 종류의 일이 가능하다는 생각, 이 가능성이 바로 때맞춰 그토록 우연히 가까이 왔다는 생각이 어찌나 소령의 정신을 들뜨게 했는지, 그는 실제로 조금 전보다 생기 있고 활기차게 보였다. 머리와 얼굴을 가슴에 일치시킬 수 있다는 희망에 부풀어, 그리고 그 방법을 곧장 알고 싶다는 불안에 내쫓겨 그는 식탁에 전혀 딴사람이 되어 나타났다. 오늘 아침만 해도 대단히 낯설었던 힐라리에의 귀염스런 관심을 자신 있게 맞받으면서.

 연극쟁이 친구가, 갖가지 추억과 이야기와 기발한 착상들로, 일단 고양된 좋은 분위기를 유지하고 더 생기 있게 만들고 높이는 데 열중한 반면, 소령은 그 친구가 식사 후 금방이라도 일어나 자기 갈 길을 가겠다고 할까봐 더욱더 불안했다. 소령은 온갖 방법을 동원하여 친구를 오래 머물게 하려고 애썼다. 내일 아침 일찍 교대할 말을 제공하겠다고 약속함으로써 적어도 하룻밤만이라도 더 머물 수 있도록 안심시키려 애썼다. 요컨대 그 내용물과 사용법을 자세히 알기 전까지 그 유익한 화장 케이스는 절대 집 밖으로 나가서는 안 되었다.

 소령은 이제 잃어버릴 시간이 전혀 없다는 것을 알아차렸다. 그래서 식사가 끝나자마자 옛 친구와 단둘이 얘기할 기회를 찾았다. 단도직입적으로 요점을 터놓을 용기가 없었으므로 그는 멀리서부터 유도해 들어갔다. 그는 앞서의 대화를 다시 이으면서 이렇게 약속했다. 그 자신 스스로를 위해 기꺼이 외모에다 더 많은 관심을 쏟겠다고. 만약 사람들이 그런 노력을 알아채고도 그를 허영 덩

어리라고 간주하지 않는다면, 그리고 그런 일로 해서 그에게서 어쩔 수 없이 감각적인 존경심을 인정하면서, 도덕적인 존경심도 거두어가지 않는다면, 자기도 외모에 신경을 쓰겠다고.

"그런 말지꺼리로 날 짜증나게 만들지 말게!"

친구가 말했다.

"그건 점잖은 사람들이 아무 생각 없이 익숙하게 내뱉는 표현들이라네. 아니면 보다 근엄하게 말하려 할 때, 사람들은 이런 표현을 씀으로써 자신의 불친절하고 악의적인 본성을 드러내 보이지. 자네, 제대로 정확하게 관찰해 보게. 사람들이 허영심이라고 비방하는 것이 대체 뭐란 말인가? 모든 사람은 자기 자신에게서 기쁨을 가져야 하네. 그걸 가진 사람은 행복하지. 그런 기쁨을 가진 사람이 이 유쾌한 감정을 다른 사람이 알아채는 걸 어찌 막을 수 있겠는가? 그가 어찌 자신의 존재에 대한 즐거움을 존재의 한가운데에 감출 수가 있겠는가? 만약에 이 즐거움의 표현이 너무 과도하게 될 때, 어떤 사람이 자신 및 자신의 존재에게서 느끼는 기쁨이 다른 사람의 존재에 대한 기쁨을 방해하고 그 표현을 막는다면, 점잖은 상류사회 사람들은 - 왜냐면 여기서 문제되는 건 그런 사람들이니 말일세 - 그걸 비난할 만하다고 여기겠지. 만약 그렇다면 그에 관해서는 별로 할 말이 없네. 비난은 아마도 그런 과도함에서 비롯되는 것이니 말일세. 하지만 피치 못할 불가피한 그 무엇에 대한 그런 이상하고도 부정적인 엄격함은 대체 뭐란 말인가? 어째서 사람들은 자신에 대한 표현을 승인될 수 있고 허용될 수 있는 것으로 보지 않는단 말인가? 그래도 때때로는 적든 많든 자기 자신에게 허용하게 되는 그것을 말일세. 그래, 하긴 그것 없이는 점잖은 상류사회란 존재할 수 없게 될 거야. 다시 말해 자기 자신에 대한 만족감, 욕구, 이 자족감을 다른 사람에게 알리는 것은 그 사람을 기분 좋게 만든다네. 자신이 우아하다는 느낌은 그 사람을 우아하게 만들지. 만약 모든 사람이 의식을 가지고 절도 있게 그리고 제대로 마음먹고서 그리한다면, 그렇담 모두가 허영심이 있는 거겠지. 그러면 우린 이 교양 있는 세계에서 가장 행복한 사람들이 될 거야. 사람들은 말하지. 여자들이란 천성적으로 허영심이 있다고.

하지만 여자들은 허영심의 옷을 입는 거라네. 그리고 그런 여자일수록 더욱 우리 마음에 든다네. 허영심 없는 젊은이가 어떻게 자신의 교양을 갖춰 나가겠나? 텅 빈 본성은 적어도 스스로에게 외적인 가상(假像)을 부여하려 하겠지. 그리고 유용한 인간이라면 곧 외형에서 내면으로 자신을 쌓아 나가겠지. 나로 말하자면, 내 손으로 하는 이 (화장술) 작업이 내게 허영심을 가지도록 해주는 까닭에, 또 내가 그리하면 할수록, 사람들에게 만족감을 주기 때문에, 나는 나 자신을 가장 행복한 사람이라고 여길 만하다네. 사람들은 다른 이들에겐 비난하지만 내겐 칭찬을 하지. 바로 이런 방식으로 나는 아직 이 나이에도 관객을 즐겁게 하고 황홀하게 만드는 권리와 행운을 갖는 거라네. 내 또래 다른 동료들은 어쩔 수 없이 무대를 떠나거나 수치스러워 하면서 무대에 머물고 있는 이 나이에 말일세."

  소령은 이 관찰의 결론을 듣고 싶지 않았다. 그가 허영심이라는 단어를 꺼냈던 것은, 재치 있는 방법으로 이 친구에게 자신의 희망을 털어놓으려 끌고 가기 위한 것이었다. 이제 그는 계속 얘기를 나누다가 자신의 목표가 더 멀리 밀려가 버릴까 봐 두려웠다. 그래서 서둘러 목표물로 달려갔다.

"나로선 말이지," 소령은 말했다.

"자네가 그걸 너무 늦었다고 생각하지 않고, 또 내가 놓친 것을 아직 어느 정도 따라잡을 수 있다고 하니 말이지. 나 역시 자네의 군기에 대한 충성을 거부하고 싶지 않네. 자네의 염색제와 포마드와 향유를 내게도 얼마큼 나눠주게나. 나도 한번 시도해봄세."

"나눠주는 건 생각보다 어려운 일일세."

상대가 말했다.

"왜냐하면 여기 예를 들어, 자네에게 내 병에서 조금 따라내 주고, 내 화장품 중 가장 좋은 성분들의 절반을 남겨주는 것만이 문제가 아니란 말이지. 어떻게 사용하는가가 가장 어려운 거야. 건네받은 것을 곧장 배워 익히기가 쉽지 않다는 거지. 이것과 저것이 어떻게 들어맞는지, 어떤 상황에서 어떤 순서로 그것들을 사용해야 하는지, 그런 걸 알기 위해서는 훈련과 숙고가 필요한 법이야. 정말이지 지금 우리가 얘기하는 이 일에 대해 타고난 재능을 갖고 있지 않으면 연습과 숙고조차 제대로 안 되는 거야."

"내 보기에 자네는 이제 다시 뒷걸음질을 치려 하는군."

소령이 대꾸했다.

"자네는 내 처지를 어렵게 만듦으로써, 물론 약간 믿기 어려운 자네의 주장을 안전하게 보관하려고 하는군. 자넨, 자네의 말을 실천으로 시험해볼 동기를, 기회를 내게 줄 생각이 전혀 없네 그려."

"친구여."

상대방이 말했다.

"내 처음으로 자네에게 제안했지만, 만약 자네에게 이토록 호감을 갖고 있지 않다면, 자네가 아무리 그렇게 야유한다고 해도 자네 요구대로 날 움직일 순 없을 걸세. 깊이 생각해보게나, 친구여. 인간은 원래 상대방을 바꿔놓고 싶은 욕구를 갖고 있다네. 자기 자신에게서 높이 사는 것을 자기 외의 다른 사람들에게도 나타나게 하고 싶고, 그 자신이 즐기는 것을 그들도 즐기게 하고 싶고, 그들에게서 다시 찾아내고 싶은 거라네. 참말이지, 이것을 이기주의라고 한다면, 그것은 가장 사랑스럽고 칭찬할 만한 것이겠지. 그것은 우리를 인간으로 만들어주는 바로 그것, 우리를 인간으로 유지시켜주는 것이지. 이 이기주의에서 나는, 내가 자네에게 갖는 우정은 잠시 도외시하고, 자네를 회춘술의 내 제자로 만들어 보고 싶네. 하지만 스승이 돌팔이 제자를 만들어내서는 안 되는 법이니까, 우리가 어떻게 이 일을 시작해야 할지 난 난감해 하고 있는 중이라네. 내 이미 말했었네. 향료로도, 응용만으로도 충분하지가 않다고. 응용하는 법은 대충대충 가르쳐 줄 수가 없다네. 자네를 생각해서, 그리고 내 가르침을 계속하고 싶은 욕심에서 나는 모든 희생을 치를 각오가 되어 있어. 지금 자네에게 가장 필요한 것을 즉각 제공하겠네. 내 하인을 여기 남겨둠세. 일종의 시종이면서 다재다능한 재주꾼이라네. 모든 것을 다 조제할 줄은 몰라도, 또 모든 비밀에 다 능통하지는 않아도 그래도 전체적인 취급 방식은 매우 잘 알고 있으니, 시작단계에서는 자네에게 대단히 유용할 걸세. 자네가 이 일에 잘 숙달이 되어서 마침내 내가 자네에게 보다 높은 비밀을 알려주게 될 때까지는 말이야."

"뭐야!"

소령은 부르짖었다.

"자네의 회춘술에는 단계와 등급도 있단 말인가? 전문가들만 아는 비밀까지?"

"그야 물론이지!"

상대가 대꾸했다.

"한꺼번에 당장 깨치는 그런 예술, 처음 들어선 사람에게 마지막 것을 들켜버리는 그런 하찮은 예술이 아니란 말일세."

그들은 오래 머뭇거릴 수가 없었다. 연극쟁이 친구의 시종이 소령에게 맡겨졌다. 소령은 그를 잘 돌보겠다고 약속했다. 남작부인은 영문도 모른 채, 작은 상자들과 곽과 유리병들을 내와야 했다. 분배가 시행되었다. 그들은 유쾌하고 기지에 넘친 대화를 주고받으며 밤이 이슥해지도록 함께 보냈다. 늦은 달이 떠오를 때쯤 손님은 떠나면서, 얼마 있다 다시 올 것을 약속했다.

소령은 상당히 지쳐서 방으로 들어왔다. 오늘은 아침 일찍 일어난 데다, 종일 무리했던 터라 이제 곧 잠자리에 들 수 있겠거니 믿었다. 그런데 그의 앞에는 한 사람의 하인이 아니라 두 사람의 하인이 나타났다. 그의 마부 하인은 늘 하던 방식대로 서둘러 그의 옷을 벗겼다. 그러자 새 하인이 나서서는 젊고 아름다워지는 수단을 실습하기에는 밤이 가장 좋은 시간이라고 설명했다. 밤에 하고 잠을 잘 자야 그 효과가 그만큼 더 확실하게 나타난다는 것이었다. 소령은 머리에 연고를 바르고, 얼굴에도 무엇인가를 바르고, 눈썹을 붓으로 그리고 입술을 무엇인가로 살짝 적시도록 그냥 따르는 수밖에 없었다. 이 외에도 여러 가지 의식이 요구되었다. 심지어는 잠잘 때 쓰는 나이트 캡까지, 그냥 머리에 얹는 것이 아니라, 먼저 그물을 얹고 다음에 섬세한 가죽 캡을 써야 했다.

소령은 일종의 불편한 느낌으로 침대에 몸을 눕혔다. 그러나 이 느낌이 무엇인지 분명하게 생각할 겨를도 없이 곧 잠들고 말았다. 그러나 우리가 그의 영혼을 열고 들어가 말해 본다면, 그는 자신이 병자와 방부 처리된 자 사이의 중간에 있는 것 같은, 미라가 된 것 같다고 느끼고 있었다. 오직, 힐라리에의 달콤한 모습만이 즐거운 희망에 들뜬 그를 곧 상쾌한 잠으로 끌고 들어갔다.

아침에 늘 하던 대로 마부하인은 제시간에 준비를 갖춰 놓고 있었다. 모든 의복이 늘 하던 순서대로 의자들 위에 놓여 있었다. 그런데 소령이 막 침대에서 내려서려는 찰나, 새 시종이 들어와서는 그처럼 서둘러 내려서서는 안 된다고 맹렬하게 항의하는 것이었다. 뜻한 바가 제대로 이뤄지려면, 그 많은 노력과 세심함에 대한 보답의 기쁨을 체험하려면 쉬어야 한다고, 자기 신체에 주의를 기울여야 한다고. 소령은 지시받은 규정을 비켜갈 수가 없었다. 그것들을 지켜야 했다. 이 일로 몇 시간이 지나갔다.

소령은 목욕 후 쉬는 시간을 줄였다. 그리고는 재빨리 옷을 입으려고 생각했다. 그는 천성이 재빠른 사람이었고, 그것보다도 곧 힐라리에를 만나고 싶었다. 그러나 이번에도 또 새 시종이 나타나서는, 빨리 일을 끝내려는 옛 습관을 버려야 한다고 납득시켰다. 무슨 일을 하든지 간에 천천히 편안하게 해야 하며, 특히 옷을 입는 시간은 자기 자신과 함께 느긋하게 즐기는 시간으로 여겨야 한다는 것이었다.

새 시종이 소령을 다루는 방식은 그 자신의 말과 완전히 일치했다. 그래서 소령 역시, 거울 앞에 들어서서 말쑥하게 단장하고 차려입은 자신을 보자, 정말이지 평소보다 옷을 잘 입었다고 믿었다. 이 시종은 그리 많이 물어보지도 않은 채, 제복까지도 현대적으로 다듬어 놓았다. 지난밤을 이 옷 고치는 데 보냈던 것이다. 이처럼 재빨리 변해 버린 젊어진 자신의 모습에 소령은 기분이 좋았다. 그래서 그는 내적으로도 외적으로도 생기 있게 느끼면서, 조급한 마음으로 가족들에게로 갔다.

그는 누이가 가계도 앞에 서 있는 것을 보았다. 엊저녁 두 사람 사이에는 약간의 친척들에 대한 얘기가 있었다. 결혼하지 않거나, 먼 나라에 살거나, 심지어 행방불명된, 그들 남매에게 혹은 그들 자식들에게 다소 풍부한 유산을 물려줄 것으로 기대되는 그런 친척들이었다. 그 일로 누이는 가계도를 벽에 걸어 놓아두었던 채였다. 그들은, 정작 그 친척들에 대해서는 언급하지 않은 채, 지금까지 모든 가족의 걱정과 노력이 오직 자식들을 위한 것이었음을 두고 얼마 동안 얘기를 나눴다. 물론 소령에 대한 힐라리에의 연모로 인해 이 모든 사정은 달라졌다. 하지만 소령도 누이도 이 순간만큼은 이 문제를 더 이상 생각하고 싶지 않았다.

남작부인이 떠나고 소령 혼자 그 간결한 가계도 앞에 서 있었다. 그때 힐라리에가 들어와서 그에게 어린아이처럼 몸을 기대더니, 가계도를 들여다보고는 이들 모두를 아느냐고, 누가 아직 살아있고 남아 있느냐고 물었다.

소령은 희미한 유년시절의 기억 속에 남아있는 옛 조상들부터 묘사하기 시작했다. 더 나아가서 그는 여러 아버지들의 특성과, 자식들과 그들의 닮은 점과 다른 점을 설명해 주고는, 할아버지가 손자에게서 나타나는 일이 흔하다고, 때로는 결혼해 들어온 다른 가문 여자들의 영향력이 전 가문의 성격을 바꿔 놓기도 한다고 말해주었다. 그는 많은 선조들과 인척들의 미덕을 칭찬하면서 그들의 잘못에 대해서도 침묵하지 않았다. 그러나 수치스러워 해야 할 친척에 대해서는 침묵으로 건너뛰었다. 마침내 그는 맨 밑줄에 왔다. 거기에는 그의 형님 대원수와 그, 그리고 누이가 있었고 그 아래에 그의 아들과 그 곁에 힐라리에가 있었다.

"이 사람들은 실제로 얼굴을 마주보고 만나는 사람들이지."

소령이 말했다. 그러나 마음속에 품고 있는 것을 덧붙이지는 않았다. 얼마간의 침묵이 흐른 후 힐라리에가 수줍게 그리 크지 않은 목소리로 거의 한숨을 쉬듯이 대꾸했다.

"높은 쪽을 올려다본다고 해서 사람들이 비난하지는 않겠지요!"

그러면서 그녀는 두 눈으로 그를 올려다보았다. 그 눈에 그녀의 연모의 정이 온통 담겨 있었다.

"내가 널 제대로 안 거냐?"

소령은 그녀에게 몸을 돌리며 말했다.

"아무 말씀도 드릴 수가 없네요."

힐라리에는 말하면서 미소 지었다.

"삼촌이 모르고 계시다면 말예요."

"너는 나를 태양 아래 가장 행복한 사람으로 만드는구나!"

그는 부르짖으며 그녀의 발밑에 몸을 던졌다.

"내 것이 되어 주겠니?"

"아이구머니나, 어서 일어나세요! 전 영원히 당신의 것이에요."

남작부인이 들어섰다. 크게 놀라지는 않은 채 그녀는 멈칫했다.

"이렇게 되지 않았더라면 불행해질 뻔했소."

소령이 말했다.

"누이! 누이 책임이오. 행복한 우리는 누이에게 영원히 감사할 거요."

남작부인은, 모든 남자들 중에 남동생을 으뜸으로 칠 만큼, 젊은 시절부터 그를 몹시 사랑했었다. 어쩌면 소령에 대한 힐라리에의 연모는, 남동생에 대한 어머니의 이런 편애로부터 직접 생겨난 것이라고는 할 수 없지만, 그래도 영향을 받은 것이었다. 이제 이 세 사람은 하나의 사랑 속에, 하나의 편안함 속에 결합했으며, 시간은 그들을 위해 행복하게 흘러가 주었다. 그래도 결국은 다시 그들 주변의 세상을 알아차리지 않을 수 없었는데, 세상은 이들의 그런 감정과 그리 조화를 이루는 것이 아니었다.

이제 그들은 다시 아들을 생각하였다. 원래 힐라리에는 소령의 아들에게 주기로 정해져 있었고, 아들 역시 그 사실을 알고 있었다. 대원수와의 일이 끝나면 소령은 곧장 수비대에 근무하는 아들을 찾아가 모든 것을 그와 상의하고 좋은 결말을 지을 예정이었다. 그런데 그만 예기치 못한 사건으로 인해 모든 상황이 뒤죽박죽 돼버린 것이었다. 평소에는 서로 다정하게 몸을 기대던 관계가 이제 적으로 변하는 것처럼 보였다. 이 일이 어떤 전환을 맞게 될지, 사람들이 어떤 기분에 사로잡히게 될지 예견하기 어려웠다.

그러는 사이 소령은, 방문하겠다고 이미 통지해 두었던 아들을 찾아가기로 결심했다. 꺼려하는 마음이 없지 않은 채, 이상한 예감이 없지 않은 채, 짧은 시간이나마 힐라리에를 떠난다는 고통이 없지 않은 채, 소령은 많은 망설임 후에 길을 나섰다. 원래의 마부 하인과 말을 두고, 그의 회춘 전문 하인과 함께 아들이 머물고 있는 도시를 향해 떠났다. 그새 그는 회춘술의 하인 없이는 살아갈 수 없게 되어버렸다.

그토록 긴 이별 후에 만난 두 사람은 진심으로 서로를 반기며 포옹했다. 그들은 서로 너무나 할 애기가 많았지만 각자 마음에 품고 있는 것을 곧장 꺼내어 말하지는 않았다. 아들은 곧 진급할 희망에 부풀어 있었다. 아버지는 아들에게 그 동안 집안 어른들 사이에서 전체 재산과 개개 부동산과 관련한, 또 그 외에 협상되고 결정된 정확한 소식들을 전해 주었다.
  어느 정도 대화가 막히려 하자 아들이 결심을 하고 미소 지으며 아버지에게 말했다.
 "아버지, 절 매우 다정하게 대해주시는군요. 감사드려요. 제게 재산과 소유물들에 대해 말씀해 주셨는데, 그것이 제 것이 될 수 있는 조건들에 대해서는 전혀 언급을 않으셨어요. 적어도 부분적으로라도요. 아버지께선 힐라리에의 이름을 억제하고 계시는군요. 제가 직접 그 이름을 언급해 주기를, 그 사랑스런 아이와 곧 결혼하고 싶다는 제 욕구를 제가 암시해 주길 바라시는군요."

소령은 아들의 이 말에 아주 당황했다. 한편으로는 그의 천성상, 또 다른 한편으로는 얘기하는 상대방의 의도를 먼저 알아내려는 습관 때문에 그는 말을 않고 애매한 미소만 띤 채, 아들을 바라보았다.

"제가 이제부터 무슨 말을 할지 알아채지 못하실 거예요."

소위인 아들이 말을 이었다.

"한 번에 빨리 다 말해 버릴 게요. 저를 생각하는 그 많은 걱정에도 불구하고 틀림없이 저의 진정한 행복을 생각해 오신 아버지의 선량한 마음을 믿습니다. 언젠가 말씀드릴 일이라면 지금 빨리 말해버리는 게 낫겠죠. 힐라리에는 저를 행복하게 만들 수 없습니다! 전 힐라리에를 사랑스런 친척으로 생각하고 있어요. 평생 우정 있는 관계로 지낼 친척으로요. 제 열정을 들끓게 하고, 제 연모의 마음을 사로잡은 이는 다른 여성이랍니다. 이 사모의 정을 어찌할 수가 없답니다. 아버지께서 절 불행하게 만들진 않으시겠죠."

아주 애를 써서 소령은 얼굴로 번져 나오려는 자신의 기쁜 마음을 감추었다. 그리고는 아들에게 약간 엄격하게 물었다.

"네 마음을 완전히 사로잡은 사람이 대체 누구냐?"

"아버지께서도 그이를 보셔야 해요. 그녀는 묘사할 수도, 파악할 수도 없는 존재예요. 전 그저 그녀 가까이에 들어서는 모든 이들이 그런 것처럼, 아버지께서도 그녀에게 빠지게 되실까봐 그게 두렵군요. 맙소사! 그런 일을 겪고 있답니다. 아버지를 아들의 라이벌로 보고 있다니요."

"그녀가 대체 누구냐?"

소령은 물었다.

"그녀가 누군지 자세히 말해줄 상태에 있지 않다면, 적어도 그녀의 외적인 처지에 대해서 만이라도 얘기해보렴. 그건 그래도 얘기할 수 있을 테니 말이다."

"그럼요, 아버지!"

아들이 대답했다.

"이 외적 사정이라는 것도 만약 다른 여성에게라면 다르게 나타날 것이고, 다르게 작용했을 겁니다. 그녀는 젊은 과부랍니다. 얼마 전 작고한 어느 부유한 늙은 남자의 상속인이죠. 독립적이고 또 그럴 가치가 있는 만큼 많은 사람에 둘러싸여 사랑받을 뿐 아니라, 또 많은 이들의 구애를 받고 있죠. 하지만 제가 그리 잘못 생각하지 않았다면 진심으로 제게 속해 있지요."

아버지가 아무 말도 않고 또 반대한다는 표시도 내보이지 않았으므로 아들은 편안하게 자신에 대한 그 아름다운 과부의 태도를 아버지에게 계속 얘기해 나갔다. 그 저항할 수 없는 매력이며, 그 다정한 호의의 표시들을 하나하나 찬양했다. 이를 듣고 아버지는 그저 여러 명 가운데 어느 한 남자를 좀더 좋아하는, 그렇다고 딱히 그 남자를 결정한 것도 아닌, 모두가 좋아하는 한 여성의 아들에 대한 가벼운 호감을 알아챌 수 있을 뿐이었다. 다른 상황이었더라면 그는 틀림없이 아들에게, 아니 그 어떤 친구에게라도, 아마도 여기 힘을 발휘하고 있을 자기기만에 주의를 기울이도록 했을 것이다. 하지만 이번에는 아들이 잘

못 생각하지 않는 것이, 그 과부가 아들을 정말로 사랑하는 것이, 그래서 가능한 한 빨리 아들을 좋아하는 쪽으로 결정해 주는 것이 그 자신에게도 몹시 중요했다. 그래서 그는 아무런 염려를 하지 않았거나, 아니면 그런 의심을 스스로 거부하고 침묵했는지도 모른다.

"너는 나를 아주 당황스럽게 만드는구나."

얼마간 침묵이 흐른 후 아버지가 말을 시작했다.

"우리 가문 사람들이 맺은 협정은 네가 힐라리에와 맺어지는 것을 전제로 하고 있단다. 그녀가 너 외의 다른 사람과 결혼을 하면 지금까지 꽤 많은 재산에 대해 이루어 놓은 전체 합의가 다 무너져 버린단다. 특히 네 몫에서는 최상의 결과를 보기가 힘들 거야. 그런데 약간 이상하게 들리겠지만, 그리고 너도 많진 않지만 이득을 보게 될 방법이 있긴 하단다. 내가 이 늙은 나이에 힐라리에와 결혼을 해야겠구나. 이 일이 네게 그리 기쁘진 않겠지만 말이다."

"이 세상에서 가장 기쁜 일이네요!"

소위 아들이 부르짖었다.

"자신의 지극한 행복을, 자신에게 가치 있다 느껴지는 모든 친구에게, 모든 이들에게 허용할 줄도 모르는 인간이 어떻게 사모의 정을 느끼고, 어떻게 사랑의 행복을 즐기거나 희망할 수가 있겠습니까! 아버지, 아버진 늙지 않으셨어요. 힐라리에는 또 그 얼마나 사랑스럽습니까! 그녀에게 구애하겠다는 생각을 하신 것만으로도 아버지는 젊은 마음을 갖고 계시다는 것을, 신선한 용기를 증명하신 겁니다. 우리 곧장 이 자리에서 이 착상, 이 제안을 곰곰이 생각해 보기로 하시지요. 아버지께서 행복하신 걸 알아야 저도 비로소 행복해질 테니까요. 아버지께서 세심하게 제 운명을 배려해 주셨으니, 아버지께서도 그에 대해 잘 보상 받으실 거란 사실이 저를 몹시 기쁘게 한답니다. 이제 용기를 갖고 두려움 없이 열린 마음으로, 아버지를 제 연인에게로 모시겠습니다. 아버지 자신 스스로의 행복을 찾아가시니, 아들의 행복에도 아무런 방해를 하지 않으시겠지요."

아들은 이런 저런 절박한 말로, 여러 가지 염려되는 일을 털어 놓으려는 아버지에게 여유를 주지 않고 서둘러 그와 함께 아름다운 과부에게로 갔다. 그녀는 잘 치장된 큰 집에서, 그리 많지는 않으나 세련된 무리에 둘러싸인 채, 쾌활한 환담을 나누던 중 그들을 맞았다. 그녀는 어떤 남자도 그냥 지나칠 수 없는 그런 여자들 중의 하나였다. 그리고 믿을 수 없을 만큼 노련한 솜씨로, 소령을 이날 밤의 주인공으로 만들 줄 알았다. 나머지 손님들은 그녀의 가족이고, 소령만이 손님인 것처럼 보였다. 그녀는 소령이 처한 상황도 제법 잘 알고 있었다. 그래도 그녀는 모든 것을 소령으로부터 맨 처음 듣고 싶어 한다는 듯이 재치 있게 질문할 줄 알았다. 그래서 모임 중의 어느 누구도 빠짐없이 새로 온 손님에게 제각각 관심을 내보여야만 했다. 어떤 사람은 그의 형님을, 다른 사람은 그의 영지를, 또 다른 사람은 그 외의 무엇인가를 알고 있는 것처럼 굴었다. 그래서 소령은 활기찬 대화를 나누면서 늘 자신이 중심에 있다고 느꼈다. 처음에 그는 그 미인의 옆에 앉았었다. 그녀의 두 눈은 그에게, 그녀의 미소도 그에게 꽂혀 있었다. 그는 어찌나 편안했던지 그만 그가 왜 여기 왔는지 그 이유를 거의 잊어버릴 뻔했다. 그녀 역시 그의 아들에 대해서는 거의 한마디도 언급하지 않았다. 그 젊은이가 활기차게 함께 얘기를 나누었음에도 불구하고. 그녀에게 그 젊은이는, 나머지 다른 사람들과 마찬가지로, 오늘은 오직 아버지를 위해서 여기 있는 것 같았다.

여성들은 이 같은 사교모임에서 손으로 하는 수공예 작업을 하곤 한다. 겉보기에는 무심하게 계속되지만 일하는 여성의 영리함과 우아함으로 해서 그 일은 종종 중요한 의미를 띠곤 한다. 주변 사람들에 얽매이지 않은 채, 부지런히 일을 계속하는 아름다운 여인의 자태는 그 여인이 주변에 완전히 무심하다는 인상을 주게 되어 주변에 조용한 불만의 느낌을 불러일으키게 된다. 그러나 흡사 꿈에서 깨어나듯이, 한마디 말, 하나의 시선이 그 떠나있던 듯한 여인을 다시 좌중의 한가운데로 불러 넣고, 그녀는 새로 온 사람인 양 환영을 받는다. 그녀는 일감을 무릎에 내려놓고 다른 이의 이야기에, 그리고 남자들이 그처럼 잘 빠져드는 교훈적인 열변에 – 그녀가 총애하는 남자일수록 이 일에 유혹을 받는다 – 관심을 보이는 것이다.

우리의 아름다운 과부는 이런 식으로 화려하고 또 취향이 돋보이는, 게다가 상당히 큰 크기 때문에 눈을 끄는 지갑을 만들고 있었다. 모임의 사람들은 막 이 물건에 대해 얘기를 나누고 있었다. 옆 사람에게서 이것을 받아들고는, 칭찬을 퍼부으면서 차례대로 돌려보고 있었다. 그러는 동안 그것을 만든 여성 예술가는 소령과 다른 진지한 문제에 대해 얘기를 했다. 이 집안의 어떤 오래된 친구는 거의 완성된 이 물건을 과장되게 칭찬했다. 그러나 그것이 소령에게 왔을 때, 그녀는 이 물건이 그의 주목을 받을 하등의 가치가 없는 것처럼 그에게서 뺏는 척했다. 이에 대해 소령은 아주 정중한 태도로 이 같은 작업의 공을 인정할 줄 알았다. 그러는 사이 아까의 집안 친구는 이 물건에서 페넬로페* 같은 꾸준한 작업을 본 것 같다고 말했다.

  사람들은 이 방 저 방, 이 사람 저 사람과 함께 무리지

---

* **페넬로페** 호메로스의 서사시 「오디세이아」의 주인공 오디세우스의 아내. 그리스군이 트로이를 함락한 지 10년이 지나도록 남편이 돌아오지 않자, 젊은 귀족들은 그녀에게 청혼한다. 그녀는 오디세우스의 아버지 라에르테스의 수의를 짤 때까지 기다리라며 구혼자들을 따돌린다. 훗날 20년 만에 돌아온 남편 오디세우스는 이 구혼자들을 응징한다.

어 왔다 갔다 했다. 소위가 그 아름다운 과부에게 다가가 물었다.

"제 아버지께 뭐라고 하셨나요?"

그녀는 미소 지으며 대답했다.

"당신은 아버님을 모범삼아도 좋을 것 같군요. 저 분이 얼마나 옷을 잘 입었는지 보세요! 자기 아들보다 더 잘 입었어요. 태가 나지 않나요?"

그녀는 아들에게 이렇게 부담을 주면서 큰소리로 말하고 칭찬했다. 그리하여 이 젊은 청년의 마음속에 몹시 혼합된 만족감과 질투심의 감정을 불러 일으켜 놓았다.

오래 지나지 않아 아들은 아버지에게로 가서 모든 것을 시시콜콜 다시 이야기 했다. 아버지는 그런 만큼 더욱더 과부에게 친절한 태도를 보였으며, 그녀 역시 그에게 더욱 생기 있고 친밀한 어조가 되었다. 헤어질 때쯤 해서 소령은 나머지 다른 사람들과 거의 마찬가지로 그녀에게 그리고 그 주변 모임에 속하게 되었다고, 우리는 얘기할 수 있겠다.

갑자기 쏟아진 강한 빗줄기는 손님들이 이 집을 찾아왔

던 방식 그대로 귀가하는 것을 방해했다. 몇 채의 마차가 대령했고, 그 속에 손님들이 나누어졌다. 소위만이, 그렇잖아도 마차 안이 너무 좁다는 핑계를 대고 아버지를 떠나게 하고는 뒤처져 남았다.

자신의 방으로 돌아온 소령은, 실제로 일종의 도취된 것 같은 기분, 어떤 상태에서 그 반대되는 상태로 재빨리 들어섰을 때와 같은, 자기 자신에 대해 불확실한 감정에 사로잡혔다. 배에서 막 내려섰을 때처럼 땅이 흔들리는 것 같았고, 갑자기 어둠 속에 들어선 사람처럼 빛에 두 눈이 가물거리고 있었다. 이처럼 소령은 아직도 그 아름다운 여자의 존재에 둘러싸여 있는 것처럼 느꼈다. 그는 그 여자를 또 보았으면, 그 음성을 또 들었으면 싶었고, 다시 보고 다시 듣고 싶었다. 그리고 얼마간 생각한 후 아들을 용서했다. 아니 그토록 많은 장점을 가진 여성을 요구하고 있는 아들이 행복하다고 칭찬했다.

이런 감정에서 그를 깨어나게 한 것은 바로 아들이었다. 아들은 환희에 차서 문을 열고 뛰어 들어오더니, 아버지를 포옹하고는 부르짖었다.

"저는 이 세상에서 가장 행복한 사람입니다!"

이 비슷한 외침을 몇 번 더 내뱉고 나서 마침내 두 사람 사이에 설명이 이루어졌다. 아버지는 그 아름다운 여인이, 자기와의 대화중에 아들에 대해 단 한 음절도 언급하지 않은 사실을 지적했다.

"그게 바로 침묵하면서, 한편으론 말없이, 또 한편으론 암시하는, 그 여자만의 다정한 태도예요. 그래서 상대는 자신이 원하는 바를 확실히 알게 되고, 그러면서 의심을 완전히 억제할 수도 없는 거죠. 이제까지도 제게 쭉 그래 왔어요. 하지만 아버지, 그녀의 존재는 기적을 만들어냈어요. 제가 그녀를 한 순간이라도 더 보기 위해 뒤처져 남았던 것을 시인합니다. 그녀는 불이 켜진 이 방 저 방을 왔다 갔다 하고 있더군요. 전 잘 알고 있었지요, 그게 그녀의 습관이란 것을요. 손님들이 다 떠나도 불을 꺼서는 안 된답니다. 그녀가 마법으로 묶어 놓았던 정령들이 떠나고 나면, 그녀는 혼자서 마술의 방들을 왔다 갔다 하지요. 그녀는 내가 되돌아간 그 핑계를 인정해 주더군요. 그녀는 우아하게 말했어요. 그저 이래도 좋고 저래도 좋은 일들에 대해서요. 우리는 열려진 방문들을 통해 죽 늘어선 방들을 다 왔다 갔다 했어요. 우리는 이미 몇 차례나 끝까지, 희미한 등불만이 밝혀진 그 작은 밀실까지 함께 갔었지요. 샹들리에 불빛 아래서 이리저리 움직일 때의 그녀가 아름답다면, 등불의 아름다운 빛에 비친 그녀는 한층 더 아름다웠지요. 우리는 그곳까지 갔다가 되돌아서면서 한순간 멈춰 섰습니다. 무엇이 제게서 그 대담한 행동을 하게 했던 것일까요. 저도 모르겠어요. 무심한 대화 중간에 갑자기 그녀의 손을 잡고, 그 부드러운 손에 키스하고, 그 손을 제 가슴에 끌어안는 그런 짓을 어떻게 제가 할 수 있었는지, 정말 저도 모르겠습니다. 그녀는 손을 빼지 않더군요. '하늘 같은 존재이시여.' 저는 소리쳤지요. '제 앞에서 더 이상 몸을 감추지 마세요. 바로 그대 앞에 서 있는 이 행복한 남자를 위한 애정이 그대 아름다운 가슴 속에 살고 있다면, 더 이상 그걸 감추지 마세요, 그것을 열어 보이고 시인하세요! 바로 지금이 적시랍니다. 저를 추방하든지, 아니면 그대의 팔 안에 저를 받아들여 주

세요!'

제가 어떻게 이 모든 말을 했는지, 저도 모르겠군요. 제가 어떻게 행동했는지도 모르겠어요. 그녀는 달아나지도 않았고 저항하지도 않았어요. 대답도 하지 않았지요. 저는 감히 제 팔에 그녀를 안고 제 것이 되어 주겠느냐고 그녀에게 물었습니다. 저는 격정적으로 그녀에게 키스했어요. 그녀는 절 밀쳐 내더군요. 그래도 '네!' 같은 그런 비슷한 말을 혼란스러운 듯 작게 내뱉었지요. 저는 떠나오면서 소리쳤습니다. '제 아버지를 보낼게요. 절 대신해서 말씀해 주실 겁니다! 이 일을 아버님과 절대 얘기하지 마세요!' 그녀는 몇 걸음 절 뒤쫓아 오면서 말하더군요. '잘 가세요. 지금 있었던 일은 잊어버리세요.' 라고요."

소령이 무슨 생각을 했는지는 여기서 얘기하지 말기로 하자. 그는 아들에게 말했다.

"이제 어떻게 해야 한다고 생각하니? 이 일은 즉석에서 제대로 잘 시작이 된 것 같구나. 그러니 이제 좀 형식적으로 일을 진척시켜야겠지. 내가 내일 통지를 하고 찾아가서는, 널 위해 청혼을 하는 것이 아마도 예의바른 일일 것 같구나."

"아이구, 아버지!"

아들이 소리쳤다.

"그건 일을 망쳐버릴 거예요. 그 태도, 그 음성이 어떤 형식에 의해 방해받거나 상해서는 안 됩니다. 아버지, 아버지께서 한마디 말씀을 않으셔도, 아버지의 등장만으로도 이 결합을 촉진시키기에 충분합니다. 제가 행복을 빚지고 있는 분은 바로 아버님 당신이십니다! 아버지에 대한 제 연인의 존경심이 제 모든 의심을 없애 주었습니다. 만약에 아버지께서 마련해 주시지 않았더라면, 이 아들은 그 행복한 순간을 결코 찾지 못했을 겁니다."

그들은 밤늦도록 이런 얘기들을 주고받았다. 그리고 서로 그들의 계획에 합의했다. 소령은 그저 형식상 작별 인사차 과부를 방문할 예정이었고, 그러고는 힐라리에와의 결합을 진척시키기로 했다. 아들은 할 수 있는 한 힘껏 속도를 내어 자신의 일을 신속하게 추진하기로 했다.

2

 우리의 소령은 작별 인사를 하러 다음 날 아침 그 아름다운 과부를 방문했다. 또 만약 가능하다면, 아들의 의사를 예의바르게 추진시키기 위함이기도 했다. 그는 그 여인이 아주 기품 있는 아침 복장을 한 채, 꽤 나이든 숙녀와 함께 있는 것을 발견했다. 이 숙녀는 지극히 교양 있는 친절한 태도로 그를 환영했다. 보다 젊은 여인의 우아함과 보다 나이든 여인의 기품이 잘 어울려, 이 한 쌍의 여인들은 보기 좋은 균형을 유지하고 있었다. 서로 상대를 배려하고 의지하는 그들의 태도 역시 그들이 서로에게 속해 있음을 말해주고 있었다.

젊은 쪽은 열심히 수놓은, 어제부터 우리가 이미 알고 있는 그 지갑을 방금 막 끝낸 듯이 보였다. 왜냐하면, 반가운 인물의 방문에 대한 일반적인 환영의 인사와 정중한 말들이 오간 후, 그녀는 여자 친구에게 몸을 돌리더니 흡사 중단된 대화를 다시 이으려는 듯, 그 예술작품을 그녀에게 건넸기 때문이었다.

"그래도 제가 이 물건을 이렇게 끝낸 줄 아시겠죠. 많이 머뭇거리고 꾸물대서 도저히 끝낼 것 같지 않았는데도 말이죠."

"소령님, 꼭 때맞춰 오셨군요."

나이든 부인이 말했다.

"우리의 다툼을 해결해 주시든지, 아님 최소한 이쪽이든 저쪽이든 편이라도 들어주세요. 저는, 이런 세밀하고 복잡한 일이란, 주겠다고 생각한 사람을 정해 놓지 않고는 아예 시작하지도 않는 법이라고 주장하던 중이죠. 그런 생각 없이는 이런 물건을 완성하지 못한다고요. 이 예술품을 한번 보세요. 내가 이것을 예술품이라 부르는 건 당연하지요. 이런 물건을 아무 목적 없이 시작할 수 있는 일인지 아니든지 간에 말이죠."

우리의 소령은 물론 그 작업에 대해 온갖 갈채를 보낼 수밖에 없었다. 반은 수를 놓고 반은 꼬아 만든 이 물건은, 감탄과 함께 어떻게 만들어졌는지 알고 싶은 욕구를 불러 일으켰다. 화려한 비단 천이 주를 이뤘으나 금도 함께 섞여 들어가 있었다. 그 물건의 화려함에 감탄해야 할지 아니면 만든 이의 취향에 더 감탄해야 할지 아무리 생각해도 알 수 없을 지경이었다.

"아직 조금 더 손질을 해야 해요."

그 아름다운 여인은 둘러쳐진 끈의 매듭을 다시 풀어 안쪽을 손질하면서 말했다.

"다투고 싶진 않아요."

그녀는 말을 계속했다.

"하지만 이런 일을 할 때 어떤 기분이 드는지는 얘기하고 싶군요. 처녀 적에 이런 일을 할 때면, 손으로는 꼼꼼하게 일을 하면서 머릿속으로는 이것저것 다른 생각을 하게 되지요. 우리는 점점 더 어렵고 우아한 물건의 마무리 방법을 배우지만 여전히 손과 머리 짓의 두 가지는 우리에게 남아있지요. 저는, 이런 종류의 일을 할 때마다 항상 어떤 사람들이나, 어떤 상태 또는 기쁨과 고통을 생각해 왔다는 걸 부인하지 않아요. 그래서 시작된 것은 내게 가치가 있었고, 또 완성된 것은 – 이런 말을 해도 되겠지요 – 소중했어요. 그래서 하찮은 것도 전 중요하게 생각할 수 있었고, 아주 가벼운 일거리라도 어떤 가치를 지닐 수가 있었지요. 또 아주 힘든 일은, 추억이 그만큼 더 풍요로워지고 완전해지는 까닭에 가치가 있었고요. 그래서 전 친구들에게, 사랑하는 이들에게, 또 존경스런 높은 분들에게 그런 것을 늘 내놓을 수 있다고 믿었습니다. 그들 역시 그것을 알아 주셨지요. 제가 그들에게 무언가 제 고유의 것을 건넨다는 사실을 아셨습니다. 그래서 말하지 않아도 결국에는 그것이 기분 좋은 선물로 받아들여졌고요. 마치 다정한 인사가 기분 좋게 받아들여지듯이 말이죠."

이처럼 사랑스런 고백에는 물론 아무런 대꾸도 할 수가 없었다. 하지만 그 여자 친구는 듣기 좋은 말을 몇 마디 덧붙일 줄 알았다. 그런데 소령은 오래 전부터, 로마 작가 시인들의 우아한 지혜를 평가할 줄 아는 사람으로, 그들의 빛나는 표현을 기억 속에 새겨두고 있었다. 그래서 이 경우에 잘 들어맞는 몇 개의 시행(詩行)을 기억해냈다. 하지만 잘난 척 하는 사람으로 비쳐질까봐 그것을 발설하거나 언급하지 않으려고 조심했다. 그렇지만 또 너무 과묵하거나 재치 없는 사람으로는 비쳐지지 않기 위해, 즉석에서 산문 한 구절을 시도해 보려고 했다. 그렇지만 제대로 잘 되지 않아 대화가 거의 멈추어질 지경이 되었다.

그러자 나이든 부인이, 우리의 친구가 들어올 때 내려놓았던 책을 집어 들었다. 그것은 이 여성들의 주목을 받았던 시집이었다. 이리하여 시작(詩作)에 대해 얘기할 수 있는 기회가 주어졌다. 그러나 대화는 오래지 않아 그저 일반적인 얘기에 머물고 말았다. 왜냐하면 부인들이 곧장, 소령의 시적 재능에 대해 익히 알고 있노라고 친밀하게 털어 놓았기 때문이었다. 그 자신 시인의 명예칭호를 갖고 싶다는 욕심을 숨기지 못한 아들이 부인들에게 아버지의 시에 대해서 미리 이야기를 하고, 몇몇 시를 낭독까지 했던 것이다. 엄밀히 말하자면, 시적 재능을 타고났다는 자신의 허영심을 충족시키고 싶어서였다. 젊은이들이 흔히 그러하듯, 자기 자신을 앞서나가는 사람으로, 아버지의 재능을 능가하는 청년으로 나타내고 싶어 저지른 일이었다. 그러나 원래 그저 문사나 아마추어 정도로 여겨지기를 원했기 때문에 앞으로 나서고 싶지 않은 소령은 그가 연습해온 시의 종류를 케케묵은 것이라고, 거의 가짜라고 말하면서 이 상황을 빠져나갈 길이 없다면 최소한 피해 보려고 애를 썼다. 그러나 그는, 묘사하는 문학이라 칭해지는, 또 어떤 의미에선 교훈적인 문학이라 칭해지기도 하는 시(詩) 분야에서 자신이 약간의 창작 시도를 해보았다는 사실까지 부인할 수는 없었다.

부인들, 특히 젊은 쪽은 이런 종류의 시를 환영했다. 그녀는 말했다.

"우리가 이성적으로 조용히 살고 싶어 할 때 결국 마지막에 모든 인간의 소망과 의도로 남는 것은 무엇인가요? 무엇인가를 주지는 않은 채 제 맘대로 우리를 자극하는, 우리를 불안하게 만들어 놓고는 결국 우리를 다시금 우리 자신에게 떠맡기는 저 격앙된 시의 본질은 대체 무엇인가요? 저는 그래도 시가 없이는 살고 싶지 않군요. 그래서 저는 단순 소박함의 기본 가치를 제 심성에 끌어다주고, 관목 우거진 작은 숲을 지나 울창한 숲으로, 나도 모르는 사이 꼭대기에 올라서서 호수를 굽어본 듯 느끼게 하는, 그런 아늑한 곳으로 절 데려다주는, 그러한 시가 제게는 말할 수 없이 편안하답니다. 그런 곳에는 아마도 건너편에 잘 가꾸어진 언덕이 있을 것이고, 그 뒤로 숲의 꼭대기가 높이 솟아 있을 것이며, 마지막으로 푸른 산들이 만족스런 그림의 끝마무리를 해주겠지요. 맑은 리듬과 운율로 그런 풍경을 접하게 될 때, 저는 제 소파에서도, 시인이 제 상상력 속에 편안하게 즐길 수 있는 이런 그림을 불러일으켜준 데 대해 감사하게 된답니다. 마치 제가 실제로 지친 방랑의 끝에, 아마도 여러 가지 불편한 상황에서, 그것을 눈앞에 보기라도 한 것처럼 말이죠."

원래 지금의 이런 대화를 그저 자신의 목적을 추진하기 위한 수단으로 여겼던 소령은, 다시 서정시 쪽으로 대화를 돌려보려고 애썼다. 그 분야라면 자기 아들이 정말로 칭찬받을 만한 것을 이뤘기 때문이었다. 상대는 대놓고 반대하지는 않았지만, 농담조로 그가 가려는 길로부터 그를 돌려 세우려고 했다. 특히 그가, 이 비할 데 없는 여인에게 아들이 아들 자신의 결연한 연모의 정을 박력과 세련됨이 없지 않게 토로한, 저 열정적인 시를 언급하는 듯하자 더욱 그러했다.

"연인들의 노래라면 저는," 아름다운 여인이 말했다.

"낭독되는 것도 노래로 불리어지는 것도 좋아하지 않습니다. 사람들은 자기가 그렇게 되기 전에는, 행복한 연인들을 부러워하지요. 또 불행한 자들은 우릴 지루하게 만들고요."

이때 나이든 쪽의 부인이 자신의 귀여운 여자 친구에게로 몸을 돌리더니 말을 가로챘다.

"대체 우리가 왜 존경하고 사랑하는 남자 앞에서 이렇게 빙 둘러 얘기하며 번거로운 일로 시간을 잃고 있단 말인가요? 사냥에 대한 씩씩한 열정을 모든 세세한 데까지 그려놓은 저 분의 그 우아한 시를, 우리가 이미 일부는 알게 되는 즐거움을 누렸단 사실을, 터놓고 말씀드려선 안 되나요? 그러니 이제 그렇게 움켜쥐고 계시지 말고, 그 시 전체를 내놓으시라고 청해서는 안 될까요?"

"당신의 아드님이," 그녀는 말을 이었다.

"기억하고 있는 몇몇 대목을 생생하게 우리에게 낭송해 주었지요. 그래서 우린 그 전후좌우가 어떻게 되는지 몹시 궁금하답니다."

그러자 아버지는 또다시 아들의 재능으로 말머리를 돌리면서, 이를 부각시켜 보려고 했다. 그러나 부인들은 이를 인정하지 않고, 자신들의 부탁을 들어주지 않으려는 핑계라고 거부했다. 그는 그 시 전체를 무조건 보내주겠다고 약속한 후에야 그 대화에서 빠져 나왔다. 그러자 그들의 화제는 변해버려서 그가 아들을 위해 유리하도록 말을 꺼낼 수 없게 만들었다. 특히 아들이 그에게 집요하게 구는 일은 삼가달라고 부탁했었기 때문에 더욱 그러했다.

이제 작별할 시간이 된 것 같았다. 그 때문에 우리의 친구가 약간 몸을 뒤채자, 그 아름다운 여인은 당혹스러워 하는 표정으로 – 이때 그녀는 더욱 아름다워 보였는데 – 다시 묶은 지갑 매듭을 조심스레 제자리로 잡아당기면서 말했다.

"시인과 연인의 약속이란 믿을 게 못된다고, 이미 오래 전부터 평판이 나있지요. 그러니 제가 감히 정직한 신사분의 약속을 의심하는 것을, 그 때문에 어떤 저당물을, 신의(信義)의 동전을 제게 달라하지 않고 제가 그것을 드리는 것을 용서해 주소서. 이 지갑을 받으세요. 이 지갑은 당신의 사냥 시와 약간 닮은 데가 있어요. 많은 추억이 거기 연결돼 있고, 그 일을 하면서 많은 시간이 흘러갔지요. 이제 끝냈으니, 당신의 그 아름다운 작품을 우리에게 가져다줄 전령으로 이 물건을 사용하세요."

이 예기치 못한 제안에 소령은 참으로 당황했다. 이 선물의 기품 있는 화려함은 평소 그를 둘러싸고 있는 것들과는, 더구나 그 외에 그가 사용하는 것들과도 전혀 어울리지 않았다. 그래서 그는 내놓은 그것을 선뜻 받아들일 수가 없었다. 그는 생각을 가다듬었다. 주어진 물건을 한 번도 거절한 적이 없었다는 데 생각이 미치자, 곧 고전 작품의 한 대목이 기억 속에 떠올라 왔다. 그것을 그대로 인용한다면 현학적으로 비칠 것이었다. 그래도 그는 이 시에 자극을 받아 즉석에서 우아하게 그것을 변형하여, 다정한 감사의 말과 기품 있는 찬사를 내놓을 수가 있었다.

이리하여 이 장면은 그 자리의 모든 사람을 만족시키는 방식으로 끝이 났다.

 좀 곤란한 측면이 없지는 않았지만 그래도 그는 결국 유쾌한 관계를 맺었던 것이다. 그는 글을 써 보내기로, 시를 보내주기로 약속했다. 그렇게 하게 된 동기가 어느 정도 편치 않긴 했지만, 그래도 그는 그토록 많은 장점을 갖고 있는, 가까운 가족의 일원이 되어야 할 그 여인과 이런 유쾌한 방식으로 계속 관계를 가지게 된 것을 행운이라고 여길 수밖에 없었다. 다시 말해 그는 어떤 내적인 만족감이 없지 않은 채 그녀와 헤어졌다. 성실하고 부지런하게 썼던 작품이 오랫동안 아무런 관심도 끌지 못한 채 놓여 있다가 갑자기 예상치도 않은 곳에서 다정한 주목을 받게 되었는데, 어떤 시인이 이 격려를 마다할 수 있겠는가?

 소령은 숙소로 돌아오자마자, 착한 누이에게 모든 것을 보고하기 위해 책상 앞에 앉았다. 그리고 그의 편지 묘사에, 자기 자신이 실제 느낀 그대로의, 게다가 아들의 설득으로 — 이 아들이 가끔 편지 쓰는 일을 방해하긴 했지만

―더해진 일종의 흥분상태가 그대로 드러나게 됨은 그야말로 당연한 일이었다.

이 편지는 남작부인에게 여러 가지 복합적인 감정을 불러 일으켰다. 왜냐하면 이 같은 사태 발전이 남동생과 힐라리에의 결합을 유리하게 촉진시킬 수 있는 아주 만족스런 것이라 하더라도, 그 아름다운 과부는 그녀 마음에 들지 않았다. 그렇다고 남작부인이 이 일을 두고 동생에게 편지를 쓰지는 않았지만, 우리는 여기서 다음과 같은 언급은 하고 넘어가기로 하자.

어떤 한 여성에 대한 열정을 다른 여성에게 결코 털어놓아서는 안 되는 법. 그 같은 숭배를 자기 혼자 독점적으로 계속 받고 싶어 하는 이들은 서로를 너무나 잘 알아본다. 이들 여인들에게 남자들이란, 마치 상점에 들어온 손님처럼 생각이 된다. 점원은 물건들을 잘 알고 있어서 유리한 위치에 있으며, 그래서 이 물건들을 제일 유리한 때에 내놓을 수 있는 기회도 잘 포착하는 것이다. 반면 고객은 일종의 조급함을 가지고 상점으로 들어온다. 물건이 필요한 그는 그것을 원하고 사려 하지만 전문가의 눈으로 그것을 관찰할 줄은 모른다. 점원은 자기가 내어주는 것을 잘 아는 반면에, 고객은 그가 받아드는 것에 대해 그렇지 못하다. 하지만 인간 삶에서, 사람 관계에서 한번 그리 되면 바뀌지지 않는 법. 사실 그리되는 것이 필요하고도 적절한 일일 테지. 왜냐하면 모든 욕망과 구애, 모든 구매와 교환은 그런 원칙 위에서 이루어지는 법이니까.

편지를 읽고 난 후의 관찰이라기보다는 그러한 느낌에 휩싸인 남작부인은 아들의 열정에도, 아버지의 호의적인 묘사에도 전혀 만족할 수가 없었다. 그녀는 일이 행복하게 반전된 것에 놀라고 있었다. 하지만 두 쌍 모두 지닌 연령의 불균형 때문에 어떤 예감에서 놓여날 수가 없었다. 힐라리에는 남작부인의 남동생에게 너무 젊었고, 그 과부는 아들에게 충분히 젊지가 않았다. 그 동안 사태는 멈출 수 없는 그 자신의 길을 밟아 가고 있었던 것이다. 낮은 한숨소리와 함께 그녀의 마음속에 모든 것이 잘 되기를 바라는 소망이 싹텄다. 그녀는 마음을 진정시키기 위해 펜을 집어 들고, 인간을 꿰뚫어볼 줄 아는 자신의 여자친구 마카리에에게 편지를 쓰기 시작했다. 서두에 사건을 설명한 후 그녀는 다음과 같이 글을 이었다.

"그 젊은 과부의 유혹적인 방식은 제가 알지 못하는, 낯선 것입니다. 그녀는 여자들과의 교제는 거부하는 듯이 보입니다. 오직 한 부인만을 곁에 두고 좋아하는데, 이 여자는 그녀에게 질책이라곤 않고 아첨하며, 그 과부의 장점이 충분히 드러나지 않으면 노련한 태도와 말로써 주변의 관심을 끌게 만들 줄 아는 그런 사람입니다. 이러한 사교 모임에 참여하는 자, 또 이들을 보는 구경꾼은 남자들임에 틀림없습니다. 그러니 남자들을 끌어들이고, 붙잡아 둘 필요가 있겠지요. 나는 그 아름다운 여인을 나쁘게 생각하는 것은 아닙니다. 그녀는 충분히 신중하고 예의도 바른 듯합니다. 하지만 그런 호색적인 허영심이란 경우에 따라선 그 어떤 것을 희생시키기도 하지요. 그것이 내가 생각하는 가장 최악의 것일 수도 있고요. 그녀가 하는 일이 모두 꾸며지고 의도된 것 같지는 않아요. 어떤 행복한 천성이 그녀를 이끌고 보호하고 있습니다. 하지만 이렇게 천성적으로 교태스런 여인의 경우, 순진함에서 솟아나는 대담함보다 더 위태로운 것은 없지요."

이제 소령은 새 영지에 도착하여 밤낮없이 그곳을 둘러보고 조사하는 데 시간을 보냈다. 그는 자신이 덫에 걸린 것 같았다. 아무리 잘 마무리된 좋은 생각이라도 그것을 실행에 옮기려면, 그토록 많은 방해물과 얽히고설키는 우연에 휘말려 들어가지 않을 수 없는, 그 정도가 심해서 맨 처음 생각이 거의 사라져 버리고 이 상태라면 완전히 망한 것처럼 보이는, 그래서 결국은 그 누구도 이길 수 없는 끈기라는 최상의 동맹군으로서의 시간이 우리에게 손을 내미는 것을 보게 될 때에야, 그 모든 혼란의 와중에서 성공의 가능성을 다시 보게 되는, 그런 지경에 그는 처해 있었다.

만약 통찰력 있는 한 경제학자의 말에 힘입어, 몇 년 동안 이성과 성실함을 쏟아 붓지 않는다면, 죽은 것을 다시 살려내고 막힌 것을 다시 가동시켜 결국에는 질서와 활동력을 통해 그의 목적을 이룰 수 있을 것임을 미리 예견하지 못했더라면, 아름답고 웅장하지만 돌보지 않아 못쓰게 된 이 소유지의 슬픈 풍경은 그야말로 암담한 상태가 되었을 것이다.

태평스런 대원수께서 도착했다. 진지한 변호사와 함께

였다. 하지만 소령을 걱정스럽게 만든 사람은 변호사보다는 그의 형님이었다. 형님은 목표를 세우지 않는, 혹은 목표를 세운다 하더라도 그 수단은 거부하는 그런 타입의 사람이었다. 그의 인생의 필수적인 욕구는 매일 매일을, 시간 시간을 즐겁게 보내는 것이었다. 그는 오랜 망설임 끝에, 빚쟁이들로부터 풀려나야겠다는 생각, 짐스런 영지를 털어버려야겠다는 생각, 집안의 무질서를 바로 잡아야겠다는 생각, 안전하게 확보된 수입을 걱정 없이 즐겨야겠다는 생각을 진지하게 하게 되었다. 그러나 지금까지 해오던 습관들이 털끝만큼도 바뀌어서는 안 되었다.

전체적으로 그는 영지의, 특히 기본재산의 완전한 소유에 있어 형제들이 제시하는 모든 것을 수용했다. 그러나 해마다 생일이면 그가 오래된 친구들과 새로 알게 된 사람들을 초대하곤 하는 그 인근의 별장과, 그런 건물에 딸리기 마련인 화원에 대해서만은 자신의 권리를 완전히 포기하려고 하지 않았다. 별장 안의 가구들이나 벽에 걸린 동판화들이 그대로 놓여있어야 하고, 격자 울타리의 과일들도 마찬가지로 확보해 주어야 한다는 것이었다. 아주 뛰어난 품질의 복숭아와 딸기, 크고 맛좋은 사과와 배, 그리고 또 미망인이 된 영주 부인에게 특별히 존경의 표시로 수년 전부터 그가 바쳐온 회색빛 도는 작은 품종의 사과들도 그에게 틀림없이 건네져야 한다는 것이었다. 여기에다 여러 가지 조건들이 덧붙여졌다. 그리 중요치 않은, 그러나 지주와 소작인들, 관리인과 정원사들에게는 말할 수 없이 성가신 그런 조건들이었다.

그런데 대원수는 참 유머도 많은 사람이었다. 그의 경박한 기질이 그려내 보이는 그대로, 결국은 모든 것이 그가 소망한 대로 실행될 거라는 생각에서 벗어나 본 적이 없었기 때문에, 그는 한 상 잘 차리게 하고 몇 시간 동안 걱정 없이 사냥으로 필요한 운동을 하고는, 이야기에 이야기를 늘어놓으며 즐거운 얼굴로 지냈다. 그는 똑같은 방식으로 작별을 했다. 그처럼 우애 있게 처신해준 데 대해 소령에게 참으로 고맙다는 인사를 하고는, 약간의 돈을 요구하고, 금년에는 특히 먹을 만하게 잘 재배되어 저장해둔 회색빛 작은 황금사과를 조심스럽게 포장하게 하고는, 그가 존경의 표시로, 또 환영받으면서 영주 부인에게 건네리라고 마음먹은 이 보물을 가지고, 이 미망인이 살고 있는 곳으로 떠났다. 사실 그는 그곳에서 다정하고 위엄 있게 영접을 받을 것이다.

한편 소령 편에서는 완전히 반대되는 느낌으로 남겨졌다. 만약에 얽힌 것은 풀릴 수 있고, 풀린 것은 즐길 수 있다는 희망을 가지게 될 때, 활동적인 남자를 기쁘게 일으켜 세우는 그런 감정이 그를 돕지 않았더라면, 그는 자기 앞에 쌓인 얽히고설킨 일들에 거의 절망했을 것이다.

다행스럽게도 대원수의 변호사는 성실한 사람이었다. 그는 이 일 외에도 달리 할 일이 많았으므로 이 일을 빨리 마무리 지었다. 또 하나 다행스러웠던 것은, 대원수의 시종 한 사람이 합류해서는 적당한 조건으로 이 일을 함께 돕겠다고 약속한 것이다. 이리하여 그들은 순조로운 결말을 향해 나갈 수 있게 되었다. 그러나 이 일이 아무리 잘 되어간다 하더라도, 소령은 공정한 남성으로서 일 처리에 이리저리 부대끼면서, 이 일을 깨끗하게 처리하기 위해서는 깨끗하지 못한 많은 것이 필요하다는 느낌을 어쩔 수 없이 받았다.

일을 처리하는 중에 쉬는 틈이 생겨 얼마간의 자유가 주어지자 소령은 자신의 영지로 서둘러 돌아갔다. 그 아름다운 과부에게 한 약속이 마음속에서 떠나지 않아 자기의 시를 찾아보기 위해서였는데, 그것은 잘 보관이 되어 있었다. 이와 함께, 옛 작가들과 신진 작가들의 작품들에서 발췌하여 뽑아놓은 것들이 적힌 자신의 비망록과 기념첩들도 다시 손에 들게 되었다. 그가 호라티우스[*]와 로마 시인들을 특히 좋아했던 까닭에 그 대부분은 그들의 작품에서 따온 것이었다. 그 비망록에 적힌 것들이 대부분 지나간 시간과 사라져버린 상황과 감정에 대한 아쉬움을 암시하고 있다는 사실도 그의 눈에 띠었다. 여러 편 끌어오지 않고 한 대목만 여기 소개해본다.

Heu!

Quae mens est hodie, cur eadem non puero fuit?

Vel cur his animis incolumes non redeunt genae!

---

[*] 호라티우스 고대 로마의 시인. 풍자시, 서정시로 명성을 얻어 아우구스투스황제의 총애를 받았다. 그의 『시론』은 아리스토텔레스의 『시학』과 함께 후세에 큰 영향을 주었다.

내 오늘 기분이 어떤가!

만족스럽고 명쾌해!

싱싱한 어린아이의 피가 뛰놀 때는

그리도 거칠고 음울했건만,

그러나 세월에 시달리다보니

내 편안한 기분이구나.

그 붉은 뺨을 생각하면서,

다시 그걸 가져왔으면 하노라.

잘 정리된 원고들 중에서 그 사냥 시를 재빨리 발견해 낸 우리의 친구는, 그 시가 여러 해 전, 전지 팔절판에 라틴어로 아주 우아하게 써둔 그대로 꼼꼼하게 정서되어 있는 것을 보고 기뻐했다. 상당한 크기의 그 멋진 지갑은 이 작품을 아주 편안하게 받아들였다. 한 작가가 자신의 작품이 이처럼 화려하게 끼워 넣어지는 것을 보는 것도 그리 흔한 일은 아니었다. 이에 대해 꼭 몇 줄을 덧붙여 써야 할 것 같았다. 산문으로 쓰는 것은 마음이 허락하지 않았다. 오비드*의 저 대목이 다시금 그의 마음속에 떠올라 왔다.

그때 그 여인의 집에서 산문으로 했던 것처럼, 이번에는 시로 바꾸어 씀으로써, 그는 이 일에서 최선의 방법으로 빠져나올 수 있으리라 생각했다. 그 대목은 다음과 같다.

Nec factas solum vestes spectare juvabat,

Tum quoque dum fierent; tantus decor adfuit arti,

장인(丈人)과도 같은 두 손에서 그걸 보았노라,

내 얼마나 그 아름다운 시간을 생각하는지!

먼저 만들어지고, 완성되어서

결코 보지 못하던 찬란함이 되었노라.

내 그것을 눈앞에 갖고 있지만,

하지만 내 스스로 고백해야겠으니:

그것이 아직 완성되지 않았으면 했었네,

만드는 모습이 너무나 아름다워서!

---

* **오비드** 로마제국의 시인이자 정치가. 그의 시는 세련된 감각과 수사가 풍부해 르네상스 시대에 널리 읽혔다. 특히 서사시 형식으로 쓴 15권의 변신이야기는 케사르의 이야기를 비롯, 많은 신화와 전설을 집대성한 것으로 유명하다.

이렇게 적어 넣고 났지만 우리의 친구는 그저 잠시 동안만 만족스러웠다. 애교스럽게 쓰인 라틴어 동사 'dum fierent(둠 피에렌트)'를 슬프고 추상적인 명사로 바꿔놓은 사실을 그는 스스로 질책했다. 게다가 아무리 생각을 쥐어짜도 이 대목을 더 잘 고칠 수 없다는 사실이 그를 짜증나게 만들었다. 그러자 고전 언어에 대한 그의 옛 사랑이 다시금 생생하게 살아나면서, 그가 몰래 노력하고 있는 독일 문학의 광채가 빛을 잃는 것 같았다.

그러나 마침내 그는 이 쾌활한 칭찬의 말이, 라틴어 원본과 비교하지만 않는다면, 아주 점잖다고 판단했다. 여자라면 이를 아주 기분 좋게 받아들이리라 믿어도 좋았다. 그러자 두 번째 염려가 생겨났다. 사랑에 빠진 것처럼 보이지 않고서는 시에서 호색적인 태도를 보여서는 안 되는 법이었으므로, 미래의 시아버지로서 이상한 꼴을 보이고 있지나 않은가 하는 염려였다. 그러나 가장 안 좋은 생각은 가장 나중에 떠올랐다. 저 오비드의 시는, 예쁘고 우아한 만큼 노련한 직녀(織女) 아라크네를 다룬 것이었다. 그녀가 질투에 찬 미네르바에 의해 거미로 변해 버렸다면, 비록 멀리서 비교된 것이긴 해도, 한 아름다운 여인이 한 마리 거미와 함께 넓게 펴진 그물의 한가운데서 허우적거리고 있는 모습을 상상한다는 것은 위험천만한 일이었다. 우리의 여인을 둘러싸고 있는 그 재치 있는 모임에, 이 비유를 낌새 채는 학식 있는 남자가 있을 수도 있지 않은가. 우리의 소령이 이 곤경에서 어떻게 빠져 나왔는지는 우리들로서도 알 수가 없다. 아마도 뮤즈의 신이 그 위에 베일을 씌우는 재치를 허용한 그런 경우에 속한다고 알아두는 수밖에 없겠다. 아무튼 사냥 시는 그 자체로 보내졌다. 그에 대해서는 우리가 이제라도 몇 마디 언급을 해야 할 것이다.

사냥 시의 독자라면 강력한 수렵애호와 이를 장려하는 모든 것들이 재미있을 것이다. 예를 들어 여러 가지로 다양하게 수렵을 일깨우고 자극하는 사계절의 변화는 즐거운 것이다. 사람들이 따르려고 애쓰지만 굴복할 수밖에 없다고 느끼는 온갖 피조물들의 특성, 이 즐거움에, 이 수고에 몸을 바치는 사냥꾼들의 다양한 특징들, 그들을 유리하게도 또 상하게도 만드는 우연들. 이 모든 것, 특히 조류에 관계하는 모든 것은 최고의 기분으로 묘사되었으며, 대단히 특이하게 취급되고 있었다.

큰 뇌조의 수컷에서부터 제2차 멧도요 새들의 이동에 이르기까지, 또 멧도요 새들의 이동에서부터 까마귀 둥지에 이르기까지 아무것도 놓치지 않고 있었다. 모든 것을 잘 관찰하고, 분명하게 받아들이고, 열정적으로 추적하여, 가벼운 농조로 가끔은 반어적으로 묘사되어 있었다.

그러나 시 전체에는 저 비가적(悲歌的)인 테마가 가로질러 흐르고 있었다. 그것은 사냥이라는 삶의 즐거움으로부터의 이별, 그 이상의 것을 담고 있었다. 그리하여 시는 버티고 견뎌낸 삶의 다정다감한 기운을 지녀 몹시 기분 좋게 느끼게 하면서도, 마지막에는 - 저 격언처럼 - 쾌락 후의 어떤 쓸쓸함을 느끼게 만들었다. 옛 원고들을 뒤적거린 탓이었는지 아니면 잠간 동안의 언짢은 기분 탓이었는지 소령은 기분이 썩 좋지 않았다. 하나의 재능에 이어 연달아 재능을 가져다주다가는 그것들을 하나씩 다시 빼앗아 가 버린 시간들. 그는 이 분기점에서 갑자기 활기를 되찾아야겠다고 느꼈다. 놓쳐버린 온천 여행, 즐기지 않고 흘려보낸 여름, 익숙해져 버린 운동 부족, 이 모든 것이 그로 하여금 일종의 육체적인 불쾌감을 느끼게 했다. 그는 이를 실제의 재앙으로 받아들이고는 필요 이상으로 초조한 모습을 내보였다.

지금까지 당연시되던 아름다움이 의심되는 순간, 여인들이 지극히 고통스러워하듯이, 남자들도 어떤 연령에 이르면, 원기 왕성함에도 불구하고 조금만 힘이 부족하다고 느끼면 극도로 불쾌해지는, 아니 불안해지는 것이다.

그러나 또다시 일어난 어느 사건, 원래는 그를 불안하게 만들었어야 할 이 사건이 그에게 최상의 기분을 되찾도록 도왔다. 이 나들이에까지 그를 떠나지 않고 따라온 화장술 시종은 얼마 전부터 다른 방법을 취하고 있는 듯했다. 소령이 아침 일찍 일어나야 하고, 매일 말을 타고 돌아다녀야 하는 데다, 여러 관계자들의 등장과 대원수가 머무는 동안에는 일없는 사람들의 방문까지 치러내야 하는 등, 소령의 사정 때문에 어찌할 수 없어 그러는 것 같았다. 미라를 만들 때의 꼼꼼함으로 취급해야 하는 갖가지 사소한 일들을 그는 이미 얼마 전서부터 소령에게서

면제해주고 있었다. 그러나 그동안 약간의 마술 같은 비법 처방 때문에 숨겨왔던 몇 가지 중요한 요점에 대해서는 그만큼 더 엄격하게 주장을 했다. 즉 건강하게 보이는 외관을 목적으로 하는 것뿐만 아니라, 건강 자체를 제대로 지켜줄 수 있는 모든 것이 더욱 엄격하게 요구되었다. 특히 모든 일에서의 절도(節度)와, 기분 나쁜 사건이 있고 난 후의 기분전환을 강조했으며, 그 다음으로 피부와 머리칼, 눈썹과 이빨, 손과 손톱을 꼼꼼하게 돌볼 것을 요구했다. 이것들의 가장 우아한 형태와 적당한 길이는 이 전문가가 그동안 돌보아 온 일이었다. 무엇보다도 가장 절실하게 권해진 것은, 균형을 잃게 만드는 일이 생길 경우 취해야 할 것, 즉 절제였다. 그런 다음 이 아름다움의 유지비결에 정통한 교사는 작별을 했다. 이제 더 이상 자기가 필요하지 않다는 이유였다. 아마도 연극계 삶의 갖가지 재미에 계속 헌신할 수 있기 위해, 옛 주인에게 돌아가기를 원하는 것이 아닌가 추측해 볼 수 있겠다.

그리고 실제로 소령은 자기 자신을 되찾아 아주 편안했다. 이 이성적인 남자는 스스로 절제하기만 하면 되었고,

그러면 또한 행복했다. 그는 그가 예전부터 해오던 승마와 사냥, 그리고 이에 수반되는 것들을 자유롭게 즐겼다. 혼자 있는 그런 시간에는 힐라리에의 자태가 즐겁게 떠올라, 그는 스스로 신랑의 기분에 빠지곤 했다. 아마도 인생에 대해 도덕적인 사람들 사이에서 허용된 가장 기품 있는 신랑일 것이었다.

벌써 몇 달째 가족들은 서로 특별한 소식을 주고받지 못한 채 보내고 있었다. 소령은 자택에서 사업의 허용과 승인에 대해 최종적으로 협상하는 데 몰두하고 있었다. 남작부인과 힐라리에는 호사로운 혼숫감을 충분하게 준비하느라 바빴다. 열정적으로 그 아름다운 여인에게 매달려 있는 아들은 이쪽 일은 완전히 잊어버린 것 같았다. 겨울이 왔다. 불쾌한 폭풍우와 일찍 내리는 어둠이 모든 시골의 집들을 에워싸 버렸다.

만약 이 음침한 11월의 밤에, 구름이 달을 덮은 희미한 빛 아래 밭과 초원, 나무들과 언덕과 덤불들을 보다가 귀족의 성에 발을 잘못 들여 놓아, 갑자기 모퉁이를 꺾어 돌자마자 긴 건물의 모든 창에 환하게 불이 밝혀진 것을 보게 된 사람이 있다면, 그는 틀림없이 이곳에서 연회에 온 잘 차려입은 사람들과 맞닥뜨릴 것이라고 생각할 것이다. 하지만 몇몇 하인들의 안내로 계단을 올라가, 남작부인, 힐라리에 그리고 시녀 단 세 사람이 환히 보이는 벽들 사이 밝은 방 안, 다정한 가구들 곁에 따뜻하고 편안하게 앉아있는 모습을 보게 된다면, 그는 틀림없이 이상하게 여길 것이다.

 그러나 우리는 축제 기분에 잠겨있는 남작부인을 놀래켰다고 생각되므로, 이 환하게 밝힌 조명이 이곳에서는 무어 특별한 것이 아니라, 남작부인이 예전서부터 지켜온 습관이라는 사실을 꼭 언급하고 넘어가야 하겠다. 궁내부 여장관의 따님으로 궁정에서 교육받은 남작부인은 겨울을 다른 모든 계절보다 좋아했으며, 호화로운 조명의 사치는 그녀가 누리는 즐거움의 핵심 요소였다. 사실 밀랍 양초가 부족한 적은 한 번도 없었다. 하지만 그녀의 가장 나이든 하인들 중 한 사람은 기교적인 정교한 물건에 대단한 흥미를 갖고 있어서, 그가 성 안 여기저기 설치해보려 시도하지 않은 새로운 램프 종류는 거의 없을 지경이었다. 이런 연유로 밝음이 생동감을 얻고 있었으나, 부분적으로는 어두운 곳도 없지 않았다.

남작부인은 상당한 재산의 소유자인 시골 지주와 사랑하여, 심사숙고 끝에 결혼함으로써 궁녀의 신분을 버렸다. 이해심 많은 그녀의 남편은, 시골생활이 아내에게 처음에는 힘들 것으로 생각해 이웃사람들의 동의를 얻고 정부의 규정에 따라, 이곳을 빙 둘러 수 마일에 이르는 인근의 길들이, 그 어떤 곳에서도 볼 수 없을 만큼 그 부근과 잘 연결 되도록 만들어 놓았다. 이 칭찬할 만한 시설의 원래 의도는 부인이 좋은 계절에는 어디든 나다닐 수 있겠다는 것이었다. 그러나 반면 겨울이 되면, 남편이 조명을 잘 시설하여 밤을 낮같이 만들어 놓았기 때문에 부인은 집에서 남편 곁에 있기를 좋아했었다. 배우자가 타계하고 나서는 열심히 딸을 돌보는 일로 충분했고, 남동생의 잦은 방문이 마음을 즐겁게 해주었다. 그리고 주위 환경의 청명함 역시 익숙한 편안함으로 진정 마음을 흡족하게 해주었다.

그런데 오늘은 이런 조명이 정말 꼭 필요한 날이었다. 우리가 보건대, 한 방에는 일종의 크리스마스 선물 같은 것들이 쌓여 반짝이는 것이 눈에 띄었다. 영리한 하녀 하나가 하인을 시켜 조명을 한층 더 밝게 만들고는, 지금까지 힐라리에의 혼숫감으로 준비된 것들을 함께 모아 펼쳐 놓았던 것이다. 원래는 이미 마련된 혼수들을 눈에 띄게 하기보다는, 아직 부족한 혼수를 화제 삼아 환기시키려는 재치 있는 의도에서 행해진 것이었다. 꼭 혼수에 들어가야 할 것들이 모여 있었다. 섬세한 천들이며 손으로 만든 우아한 것들, 임의로 마련한 것들도 드물지 않았다. 하지만 하녀 아네테는 여기저기, 아주 잘 조화되어 모자랄 것 없다고 생각할 수 있는 곳에도 모자란 구석이 보이도록 해 놓을 줄 알았다. 예를 들어, 아마포나 모슬린, 그리고 어떤 이름이든지 간에 온갖 종류의 부드럽고 섬세한 하얀 천과 물건들이 눈부실 만큼 흰색으로 우아하게 늘어놓은 곳에는 충분한 조명을 줌으로써, 주인이 구매하기를 망설였던 것, 즉 화려한 색색의 비단이 부족하다는 것을 나타냈던 것이다. 이제 유행이 달라져서 가장 최신의 것으로 혼수의 절정을, 그리고 끝맺음을 하고 싶었던 주인은 화려한 비단의 구매를 주저하고 있었던 것이다.

이 광경을 재미있게 구경하고 난 후 그들은 다시 평소의 여러 가지 놀이로 밤을 즐겼다. 운명이 한 젊은 여성을 어디로 이끌든지 간에, 또 겉으로는 행복한 모습을 하고 있더라도, 지금 있는 현재를 내면적으로 바람직하게 만드는 것이 무엇인지를 잘 알고 있는 남작부인은, 이 시골 생활에서도 여러 가지를 바꿔가면서 즐길 수 있을 뿐 아니라, 교양에도 도움이 되는 놀이들을 도입해 놓을 줄 알았다. 그래서 힐라리에는 젊은 아가씨였지만 모든 것을 다 잘할 줄 알았다. 어떤 대화에도 낯설어하지 않았고, 그럼에도 또 나이에 걸맞게 처신하는 모습을 보였다. 어떻게 이런 소양을 갖추게 되었는지 설명하려면 너무 장황한 일이 될 것이다. 오늘 밤의 모습이 지금까지 삶의 표본을 보여주는 셈이 될 것이다. 마음을 즐겁게 만드는 독서, 우아한 피아노 연주, 사랑스런 노래 등이 어우러져 몇 시간이 지나갔다. 평소처럼 늘 하던 대로 기분 좋게, 그러나 한층 더 의미 있는 밤이었다. 그들은 제삼자를 염두에 두고 있었다. 사랑하고 존경하는 그 남자를 정겹게 맞이하기 위해 그들은 미리 연습해 보고 있는 셈이었다. 그것은 신부의 감정이었다. 그리고 그것은 힐라리에를 몹시 달콤한 감정으로 생기 있게 만들었을 뿐 아니라, 어머니까지도 아주 섬세한 감정에 휩싸이게 만들었으며, 평소에는 영리하고 활동적이던 아네테조차도 지금은 떠나고 없는 남자 친구가 다시 돌아와 그녀 앞에 나타나길 바라는 아련한 희망에 몰두하게 만들었다. 이 사랑스런 세 여인의 감정은 이처럼 그들을 둘러싼 밝음과 고마운 따뜻함과 쾌적한 상황과 조화를 이루고 있었다.

3

 바깥의 성문을 격렬하게 두드리고 외치는 소리가, 위협하고 간청하며 주고받는 얘기 소리가, 마당의 빛과 횃불이 부드러운 노랫소리를 중단시켰다. 그러나 바깥의 소음은 그 원인을 알아차리기에는 소리가 분명치 않았다. 이윽고 조용해지더니 계단으로 올라오는 남자들의 주고받는 큰 말소리와 소음이 들려왔다. 사전 연락도 없이 문이 활짝 열렸다. 여자들은 기겁을 하게 놀랐다. 플라비오가 끔찍한 몰골을 하고 쓰러지듯이 안으로 밀치고 들어왔다. 혼란스런 얼굴 위로 머리카락이 어떤 곳은 비쭉비쭉 솟아 있고, 또 어떤 곳은 비에 젖어 달라붙어 있었다. 갈기갈기

찢긴 옷은 가시와 덤불을 헤치고 나온 사람처럼, 진창과 수렁에 빠졌다 나온 사람처럼 소름끼치도록 더러운 몰골을 하고 있었다.

"아버지!" 하고 그는 부르짖었다.

"아버지 어디 계세요?"

여자들은 대경실색하여 일어섰다. 늙은 사냥꾼으로 어려서부터 사랑으로 그를 돌보아온 하인이 함께 들어서며 그에게 말했다.

"아버님은 여기 안 계십니다. 진정하십시오. 여기를 보세요. 고모님과 사촌님이시랍니다!"

"여기가 아니라고? 그럼 나를 그 분께 데려다 줘. 그 분만이 내 말을 들으셔야 해. 그러고 나면 난 죽어버릴 거야. 저 불빛들로부터, 낮의 밝음으로부터 날 좀 숨겨줘. 그것이 내 눈을 멀게 해. 날 파멸시키고 있어."

집안 주치의가 들어왔다. 그의 손을 잡고 조심스럽게 맥박을 재었다. 하인들도 여러 명 불안에 싸여 빙 둘러 서 있었다.

"이 양탄자 위에서 내가 이게 무슨 꼴이람. 내가 양탄자를 못 쓰게 만들고 있잖나. 내 불행이 이 위에 뚝뚝 떨어지고 있구나. 내 버림받은 운명이 양탄자를 더럽히고 있어."

그는 문을 향해 밀치고 나아갔다. 사람들은 이 기회를 이용, 그를 끌어내어 그의 아버지가 묵곤 하던 좀 떨어진 손님방으로 데려갔다. 어머니와 딸은 굳어진 채 그대로 서 있었다. 그들은 예술에 의해 고귀해진 모습이 아닌, 복수의 여신에 쫓기는 모습의 오레스트를 보았던 것이다. 밝은 촛불에 싸인 안락한 집안과 대조를 이루어 그만큼 더 무시무시해 보이는, 처참하고 고약한 현실 속에서 고통 받는 오레스트를. 여인들은 굳어진 채 서로 마주 보았다. 그리고 각자 상대방의 두 눈 속에서 자신들의 두 눈 속에도 깊이 각인된 그 소름끼치는 모습을 보았다고 믿었다.

남작부인은 반쯤 정신을 차리고는 연달아 하인을 보내 조카의 상태를 물었다. 하인들이 그의 옷을 벗겨 몸을 말리며 돌보고 있으며, 그는 반은 정신을 차린 채 반은 무의식적으로 되는 대로 내맡기고 있다는 소식을 듣고, 그들은 약간 안심을 했다. 다시 또 소식을 물었더니 참고 기다리라는 질책이 돌아왔다.

불안에 떨던 여인들은 마침내 의사가 환자에게 방혈을 시행했으며, 그 외에도 환자를 안정시킬 수 있는 모든 가능한 수단이 취해졌다는 소식을 전해 들었다. 그는 안정을 되찾았으며 사람들은 그가 잠들기를 바라고 있다는 것이었다.

자정이 되었다. 남작부인은 만약 환자가 잠들었다면 그를 보고 싶다고 요구하였다. 의사는 처음에는 반대하다가 양보했다. 힐라리에도 억지로 졸라 어머니와 함께 들어갔다. 방은 어두웠다. 녹색 차양 뒤로 촛불 하나만이 희미하게 빛나고 있었다. 거의 아무것도 보이지 않았고, 아무 소리도 들리지 않았다. 어머니가 침대로 다가갔다. 힐라리에는 애타는 마음으로 촛불을 움켜쥐고는 잠자는 이의 얼굴을 비추었다. 그는 얼굴을 돌린 채 누워 있었다. 그러나 지극히 사랑스러운 귀와 지금은 창백한 빛을 띠고 있는 불룩한 뺨이, 벌써 다시금 제자리를 찾은 곱슬머리 아래 귀엽게 솟아올라 있었다. 놓여있는 손과 길고도 다정한 손가락들이 두리번거리는 시선을 잡아끌었다. 힐라리에는 그 자신 숨소리를 낮추면서 낮은 숨소리를 들었다고 생각했다. 그래서 마치 프쉬케처럼, 치유하는 이 안정을 깨트리는 위험을 무릅쓰고 촛불을 가까이 갖다 대었다. 의사가 촛불을 뺏더니 여인들에게 그들 방으로 돌아가라고 길을 비추어 주었다.

우리의 동정을 받아 마땅한 이 선량한 사람들이 이날 밤 시간을 어떻게 보냈는지는 아직 비밀에 묻혀 있다. 그러나 다음 날 아침 일찍부터 두 사람은 대단히 초조한 모습을 보였다. 끝없이 환자의 상태를 물었고, 환자를 한번 보고자 하는 바람은 겸손하고도 절박했으나, 의사는 정오 경이 되어서야 짧은 면회를 허락했다.

남작부인이 들어섰다. 플라비오는 손을 내밀었다.

"용서하세요. 고모님, 조금만 참아주세요. 그리 오래 걸리지 않을 겁니다."

힐라리에가 앞으로 나섰다. 그녀에게도 그는 오른손을 내밀었다.

"안녕, 누이."

이 말이 그녀의 마음을 뚫고 지나갔다. 그는 그녀의 손을 놓지 않았다. 그들은 서로 마주 바라보았다. 가장 아름다운 의미에서 서로 대조되는 찬란한 한 쌍이었다. 반짝이는 청년의 검은 두 눈은 헝클어진 곱슬머리와 잘 어울렸다. 반면 그녀는 천상에서 내려온 듯 조용히 서 있었으나, 마음을 뒤흔든 이 사건은 이제 불길한 예감과 함께 짝을 이루고 있었다. 누이라고 부르다니! 그녀의 가장 깊은 내면이 격앙되고 있었다. 남작부인이 말했다.

"좀 어떤가? 조카"

"아주 참을 만합니다. 그런데 절 좀 언짢게 취급하시더군요."

"무슨 말인가?"

"제게서 피를 뽑아 흐르게 했어요. 무서웠어요. 빼낸 피를 버리더군요. 그건 무례한 짓이에요. 그건 제 피가 아니거든요. 모든 것이 그녀, 그녀의 것이거든요."

이 말과 함께 그의 모습은 다시 변하는 듯했다. 하지만 그는 뜨거운 눈물을 쏟으며 얼굴을 베개에 감추었다.

어머니는 힐라리에의 무서운 표정을 보았다. 그것은

그 예쁜 아이가 마치 눈앞에 지옥문이 열리는 것을 본 듯한, 난생 처음으로 그러나 영원히 괴물을 목격한 듯한 표정이었다. 재빨리 격정적으로 힐라리에는 홀을 빠져 나갔다. 그리고는 맨 끝 작은 방 소파에 몸을 내던졌다. 뒤따라나간 어머니는 유감스럽게도 이미 자신이 파악하고 있는 사실을 물었다. 힐라리에는 묘한 표정으로 어머니를 올려다보고는 외쳤다.

"피가, 그 피가, 모든 것이 그 여자의, 모든 것이 그 여자의 것이라는데, 그 여자는 그럴 만한 가치가 없어요. 저 불행한 사람! 불쌍한 이!"

이 말과 함께 흘러내린 비통한 눈물의 강이 그녀의 답답하던 마음을 조금 누그러뜨려 주었다.

이미 앞서 생겨난 것에서 그 동안 자연스럽게 진행된 상태를 누가 감히 밝힐 수 있으며, 이 첫 만남의 내적인 접촉이 여인들에게 불러일으킨 화를 누가 감히 드러낼 수 있겠는가? 이 만남은 그 고통 받는 청년에게도 지극히 해로웠다. 의사는 적어도 그렇게 주장했다. 의사는 충분히 자주 소식을 전해주고 위로해 주었지만, 그래도 앞으로는 접근을 금지하는 것이 자신의 의무라고 느꼈다. 그리고 그는 기꺼이 양보를 얻어내었다. 딸 역시 어머니가 승낙하지 않을 것을 감히 요구하려고 하지 않았다. 이렇게 그들은 이성적인 의사의 지시에 순응했다. 그 보답으로 의사는 조금 안심이 되는 소식을 가져왔다. 플라비오가 필기도구를 요구하여 무엇인가를 조금 썼으나, 곧 자기 곁 침대 속에 감추었다는 것이었다. 그러자 이제까지의 불안함과 초조함에 호기심까지 겹쳐졌다. 괴로운 시간이었다. 그래도 얼마 후 의사는, 비록 바삐 서두르긴 했지만, 아름다운 손으로 거리낌 없이 쓴 종이쪽지를 가지고 왔다. 그것은 다음과 같은 시행을 담고 있었다.

그 불쌍한 남자가 태어난 것은 하나의 기적,
그 길 잃은 남자는 기적 속에서 파멸했다네.
어렵게 찾아낸 어두운 문지방을 지나 얼마나 더
길 없이 불안한 발걸음을 더듬어 가야 하는가?
그러다가 생생한 하늘의 빛과 중심에서 나는

깨달았노라, 밤과 죽음과 지옥을 느꼈노라.

여기 고귀한 문학예술은 다시 한 번 그 치유력을 증명하고 있었다. 문학은 음악과 내적으로 융합, 모든 고통 받는 영혼을 힘차게 자극하여 불러일으키고, 그리고 고통을 풀어헤쳐 날아가게 함으로써, 이들을 근본에서부터 치유하는 것이다. 의사는 이 청년이 곧 다시 일어서리라고 확신하였다. 그의 정신을 억누르고 있는 열정이 없어지거나 완화되기만 하면 육체적으로도 곧 건강해지고 좋은 기분을 회복하리라는 것이었다. 힐라리에는 이 쪽지에 어떻게 답할 것인가를 곰곰이 생각했다. 그녀는 그랜드피아노 앞에 앉아 이 아픈 청년의 시행에 멜로디를 붙여보려고 애썼다. 그러나 그것은 뜻대로 이루어지지 않았다. 그녀의 영혼 속에는 그 깊은 고통에 들어맞는 것이 아무것도 없었다. 그래도 이런 시도를 하다 보니 리듬과 운율이 그녀의 마음에 호소해 오는 바가 있어, 그녀는 시간을 내어 아래의 연(聯)을 짓고 완성시킴으로써, 약간의 명랑한 기분으로 저 청년의 시에 화답했다.

그대 고통과 고뇌 속에 그토록 깊이 좌절했지만,

그래도 그대 청춘의 행복을 누리려 태어났으니,

용기를 내어 곧 건강한 걸음을 내딛으시라,

우정이 내리는 하늘의 빛과 밝음으로 들어오시라,

그대 소중하고 선량한 사람들의 가운데에 있음을 느끼신다면,

삶의 쾌활한 물줄기가 그대에게서 솟아나리니.

이 집안의 친구인 의사가 심부름꾼의 역할을 맡았다. 그 답장이 도착하자마자 청년은 또 벌써 적당하게 답을 썼다. 힐라리에가 온화하게 화답했고 이렇게 사람들은 다시금 점점 더 명랑한 하루를, 자유로운 토대를 얻어가는 것처럼 보였다. 우리는 이 사랑스런 치유의 전 과정을 가끔 전해주어도 좋을 것이다. 일이 이렇게 진행되면서 지극히 편안한 가운데 얼마간의 시간이 흘러갔다. 의사는 필요 이상으로 시간을 늦출 필요가 없다고 판단하고 환자와 식구들이 조용하게 직접 대면할 수 있도록 준비하고 있었다.

그러는 동안 남작부인은 옛 문서들을 바르게 정돈하는

일에 몰두해 있었다. 이 일은 부인의 현재 상태에 아주 적절한 소일거리로 그녀의 흥분된 정신에 기묘한 효과를 불러일으켰다. 그녀는 지난 세월의 삶을 돌이켜 보았다. 위협적인 힘든 고통도 겪었었다. 이런 일들을 돌이켜 생각하니 지금 당장 헤쳐 나갈 용기가 생겼다. 특히 심각한 상황에서 도움을 받았던 친구 마카리에와의 저 아름다운 관계에 대한 추억이 그녀의 마음을 저리게 했다. 세상에 둘도 없을 저 여인의 찬란함이 그녀 영혼 앞에 떠올라 오면서, 그녀는 이번에도 즉각 그녀에게 도움을 청해야겠다고 결심을 굳혔다. 대체 마카리에 외의 어느 누구에게 그녀가 지금 현재의 감정을 털어놓을 것이며, 마카리에 외의 그 누구에게 그녀가 느끼는 공포와 희망을 솔직하게 고백할 것인가?

그녀는 또 옛 서류들을 정돈하면서 무엇보다도 남동생의 꼬마 적 초상화를 발견했는데, 그 모습이 그의 아들과 너무 닮아서 미소 지으며 한숨짓지 않을 수 없었다. 이 순간 힐라리에가 들어서서 어머니를 놀래켰다. 그녀는 그림을 빼앗아보더니 역시 두 사람의 닮은 모습에 묘하고도 당황한 모습이었다.

얼마간의 시간이 흘러, 마침내 의사의 호의에 힘입어 그의 인도로 플라비오가 아침 식탁에 나타날 거라는 전갈이 왔다. 여인들은 플라비오의 첫 출현을 내심 두려워해 왔다. 그러나 중요하고 무서운 순간에도 무엇인가 유쾌한 일이 발생하여 재미있는 상황을 만드는 일이 왕왕 일어나듯이, 여기서도 일은 그렇게 이루어졌다. 아들이 아버지의 의복을 쫙 빼입고 나타난 것이다. 그 자신의 옷은 아무 짝에도 쓸모가 없어졌으므로, 아들은 소령이 사냥 나갈 때나 가족 곁에 머물 때 편안하도록 누이 집에 보관시켜 놓은 옷들을 입고 나타난 것이다. 남작부인은 미소 지으며 움찔했다. 힐라리에는 그녀 자신도 어쩐 일인지 알 수 없이 몹시 당황하여 얼굴을 돌렸다. 이 순간 그녀는 청년에게 적당한 말 한마디도, 한 구절도 입 밖으로 내놓을 수 없었다. 당황한 상황에 빠진 이 사람들을 도와주기 위해 의사가 아들과 아버지를 비교하기 시작했다. 아버지는 약간 키가 크고 그래서 상의가 약간 길었다면, 아들은 어깨가 넓어서 상의의 어깨가 조금 조이는 듯하다고. 두 사람의 불균형이 이 빌려 입은 옷에 좀 우스운 모습을 부여하고 있다고 말했다.

의사의 이런 세세한 묘사 덕분에 사람들은 그 순간의 당황함에서 벗어날 수가 있었다. 물론 힐라리에에게는, 젊은 아버지의 모습과 여기 눈앞에 등장한 생생한 아들과의 닮은 모습이 으스스하니 마음을 압박했다.

이제 우리는 앞으로 흘러갈 시간 속에 일어나는 일이 아마도 어떤 연약한 여인의 손으로 세세하게 묘사될 수 있기를 기대한다. 왜냐하면 우리는 우리의 방식대로 그저 일반적인 일에만 관계할 수 있기 때문이다. 여기서 다시 또 한 번 시 예술의 영향력을 언급해야 할 것 같다.

우리는 플라비오에게 확실한 어떤 재능이 있음을 부인할 수 없다. 하지만 아주 우수한 것이 창조되기 위해서는, 열정적이고 감각적인 동기가 있어야 했다. 그래서 저 거부할 수 없는 여인에게 바쳐진 거의 모든 시들은 지극히 마음에 사무치는 칭찬할 만한 것들이었다. 그리고 이제 지금 바로 눈앞에 있는 아름다운 여성에게 열정적인 표정으로 낭독된 시 역시 적지 않은 효과를 불러일으키게 될 것임이 틀림없었다.

  자기 말고 다른 여성이 열정적으로 사랑받는 것을 보는 여성은 기꺼이 편안하게 신뢰할 수 있는 친구의 역할을 떠맡는다. 그녀는 자기가 말없이 숭배 받는 위치에 오르는 것을 보는 것 역시 불쾌하지는 않을 거라는, 자신도 의식 못하는 비밀스런 느낌을 가슴 속에 품게 된다. 그들의 대화 역시 점점 더 의미심장한 것으로 되어갔다. 사랑하는 남자가 기꺼이 짓고 싶은 것은 서로 주고받는 교환 시였다. 그런데 그는 자신의 사랑하는 여인으로부터 자신이 원하는 말을 그저 절반쯤 대답하게는 만들었으나, 그 아름다운 입으로부터 직접 듣고 싶던 것은 이제 기대할 수 없었다. 그러한 것이 힐라리에와 함께 서로 교대하며 읽혀졌다. 특히 원고가 하나밖에 없었고, 또 꼭 제때에 착상이 떠오르면 양쪽에서 같이 써놓은 것을 들여다보고, 이를 하기 위해 또 각자 그 작은 원고 책을 붙잡아야 했으므로, 그들은 앉아 있다가 점점 더 몸이 가까이 되고, 손과 손이 점점 더 가까이 부딪히게 되고, 마침내는 아주 자연스럽게 남의 눈에 띄지 않게 관절이 서로 닿게 되었다.

그러나 이같이 아름다운 상황 속에서, 그리고 여기서 생겨나는 갖가지 사랑스런 안락함 가운데서도 플라비오는 힘겹게 고통스런 걱정을 감추고 있었다. 그는 계속 아버지의 도착을 기다리면서 그가 아버지에게만 가장 중요한 일을 털어놓아야 한다고 암시했다. 그런데 이 비밀이란 것은 조금만 깊이 생각해보면 알아챌 수 있는 것이었다. 저 매력적인 여인이, 치근대는 청년이 불러일으킨 어떤 걱정의 순간에 이 불행한 청년을 결정적으로 거절하여, 그때까지 끈기 있게 지켜져 오던 희망이 사라지고 파괴되었을 것이다. 이 장면이 어떻게 진행되었는지는 우리 묘사하지 않기로 하자. 그 장면을 묘사하다보면, 젊음의 작열하는 열정이 우리에게는 없음을 깨닫게 될까봐 두렵기 때문이다. 어쨌든 그는 거의 제정신이 아니어서 휴가도 허락받지 않고 서둘러 주둔지를 빠져나왔었다. 그리고 아버지를 찾아서 절망적으로 밤과 폭풍과 비를 가로질러 고모의 영지에 도달하려고 했던 것이다. 우리는 그가 얼마 전 이곳에 도착하는 것을 보았었다. 신중한 생각이 되돌아오니 이제 그러한 행동이 몰고 올 결과가 그의 마음에 생생하게 떠올랐다. 아버지는 여전히 이곳에 오시지 않고, 또 아버지가 취해 줄, 유일하게 가능한 중재 없이 지내야 하는 까닭에, 그는 제정신을 가다듬을 수도, 또 스스로를 구원할 수도 없었다.

그러니 그가 익히 알고 있는 인장이 찍힌 주둔지 부대 대령의 편지를 건네받았을 때, 그리고 망설임과 불안 끝에 편지를 열었을 때, 그 편지 속에 친절한 말들이 쓰여 있고, 그가 신청한 휴가는 한 달 더 연기된다는 말로 이 편지가 끝나는 것을 보았을 때, 얼마나 놀라고 당황했겠는가.

왜 주둔지 대령이 이런 편지를 보냈는지 그 이유는 설명되어 있지 않았지만, 그래도 이 편지 덕분에, 플라비오는 거의 저 모욕 받은 사랑만큼이나 그의 기분을 불안하게 내리누르던 한 가지의 짐으로부터는 해방된 셈이었다. 그는 사랑하는 친척들 곁에서 이 행복이 잘 지켜지고 있다고 느꼈다. 그는 힐라리에의 존재를 기뻐해도 좋았으며, 얼마 후에는 앞서 저 아름다운 과부에게나 그녀 주변에서 얼마 동안 그를 꼭 필요한 존재로 만들어주었던, 그러나 그녀에 대한 구애가 실패함으로써 영원히 어두워져 버렸던, 그의 모든 쾌활하고 사교적인 특성이 다시 되살아나게 되었다.

이런 분위기 속에서 그들은 아버지의 도착을 기다리고 있었다. 가족들 역시 그동안 불시에 생겨난 자연재해로 인해 바쁘게 움직이는 활동적인 삶을 살 수밖에 없는 상황이었다. 그들을 성 안에서만 지내게 했던 비오는 날이 계속되면서, 집중호우가 쏟아져 도처에서 강이란 강은 넘쳐나고, 댐들이 무너지고, 성 아래 지역은 그만 큰 호수가 되어버렸다. 그 호수 같은 물로부터 작은 마을들과 농장들, 크고 작은 소유지들이 그저 섬처럼 솟아있을 뿐이었다.

사람들은, 드물긴 하지만 발생 가능한 이런 상황에 대비해두고 있었다. 주부가 명령을 내리고 하인들이 이를 실행했다. 최초의 전반적인 도움을 베풀고 난 후, 빵을 굽고 소를 잡고 고깃배를 이리저리 띄우고 사방으로 도움과 배려를 펼쳤다. 모든 것이 순조롭게 이루어졌다. 사람들은 기뻐하고 감사해 하며 받아들였다. 오직 한 곳에서만 분배하는 구역장을 사람들이 믿으려 하지 않았다. 플라비오가 이 일을 대신 맡아 짐을 가득 실은 작은 배와 함께 서둘러 그곳으로 떠났다. 간단한 일이 간단하게 처리되어 최상의 효과를 낳았다. 우리의 젊은이는 이 일을 마치고는 계속 배를 타고 힐라리에가 떠나올 때 그에게 맡긴 일을 해결하러 갔다. 재난이 발생한 바로 이 불행한 시간에 아기를 몹시 바랐던 한 아낙네가 출산을 했던 것이다. 플라비오는 산모를 찾아 일을 처리하였고, 사람들의 일반적인 감사와 이들의 특별한 감사를 함께 싣고 집으로 돌아왔다. 이와 함께 여러 가지 이야기거리가 많았다. 아무도 목숨을 잃지는 않았지만, 기적 같은 구출이며 이상하고 우스꽝스런 사건들에 관해 사람들은 두고두고 이야기했다. 어쩔 수 없이 생겨난 상황들이 흥미롭게 묘사되기도 했다. 그런데 힐라리에는 갑자기 그 산모를 찾아가 선물을 주고 몇 시간 동안 함께 즐거이 보내고 싶은 참을 수 없는 욕구를 느꼈다.

선량한 어머니가 얼마간 반대해 보았지만 결국은 이 모

험을 강행하려는 힐라리에의 의지가 승리했다. 그리고 우리는 이 사건이 우리에게 알려지면서 얼마간 걱정을 했다는 사실을 기꺼이 고백하고자 한다. 배가 좌초한다든지, 뒤집힌다든지, 그 아름다운 여성의 목숨이 위태로워진다든가, 아니면 그 젊은이가 대담하게 아가씨의 목숨을 구해 느슨하게 이어진 끈이 더욱 단단하게 조여지는 그런 위험들이 있었던 것이다. 그러나 이에 관해서는 언급할 필요가 없다. 항해는 순조로워 산모는 방문을 받고 선물을 받았다. 의사의 동행 역시 훌륭한 효과가 없지 않았다. 여기저기서 작은 장애가 발생했지만, 위험한 순간이 노젓는 사람들을 불안하게 만드는 듯이 보였지만, 그런 일들은, 연달은 불안한 표정이나 꽤 당황스런 사건들, 그리고 무서워하는 몸짓들을 서로 알아보았다고 놀려대는 농담으로 끝나곤 했다. 그러면서 서로간의 신뢰가 적지 않게 쌓여갔다. 서로를 바라보고 어떤 상황에서도 함께 있고자 하는 마음이 강해졌으며, 친척이라는 관계에다가 서로 가까워지고 붙들고자 하는 마음을 당연하게 생각하는, 위태로운 상황이 점점 더 심각해져갔다.

하지만 이들은 이 사랑의 길로 점점 더 유혹을 당하며 끌려가고 있었다. 하늘이 청명하게 맑아지더니, 계절에 걸맞는 쨍한 추위가 찾아오고, 물은 흘러가기 전에 얼어버렸다. 그러자 이 세상의 풍경은 모두의 눈앞에서 갑자기 변해버렸다. 물길로 인해 갈라졌던 것들이 이제 얼어붙은 땅으로 인해 합쳐진 것이다. 빠르게 찾아온 첫 겨울날들을 찬양하기 위해, 그리고 북쪽 지방에서 얼어붙은 얼음에 새로운 생기를 불어넣기 위해 고안된 저 아름다운 예술이 마치 기대하던 중매쟁이 여인인 양 나타났다. 창고가 열리자, 모두 못 견디게 달려 나가고 싶어서 각자 표시를 해둔 스케이트를 찾아서는, 제일 먼저 타는 사람이 되려고, 얼마간의 위험을 무릅쓰고 반반하게 언 빙판으로 달려 나갔다. 집안사람들 중에는 많은 훈련을 거쳐 아주 가볍게 탈줄 아는 사람도 많았다. 이들은 거의 해마다 이웃 호수에서 그리고 호수와 연결된 운하에서, 그리고 이번에는 더 멀리 넓게 펼쳐진 평야에 이르기까지 스케이트 타는 재미를 누렸던 것이다.

플라비오는 이제 자신이 완전히 건강해졌다고 느꼈다.

그리고 아주 어린 시절부터 숙부에게서 스케이트를 배운 힐라리에는 새로 만들어진 빙판 위에서 정말 사랑스럽고도 힘차게 자신의 모습을 증명해 보였다. 그들은 즐거이 더욱 즐거이 때로는 함께, 때로는 각자, 때로는 헤어졌다가 금방 다시 합쳐졌다. 헤어졌다가 피했다가 하면서 스케이트를 타다보니, 평소에는 그리도 마음을 무겁게 하는 것들이 여기서는 우스꽝스럽고도 하찮은 위반쯤으로 생각되었다. 그들은 서로 도망쳤다가는 곧 서로를 발견하곤 했다.

그러나 이 같은 즐거움과 기쁨 가운데서도, 결핍의 세계가 존재하고 있었다. 몇몇 구역은 아직 절반 정도밖에 보급을 받지 못하고 있었다. 이제 단단히 조여 맨 썰매를 이용해, 서둘러 아주 필요한 물품들이 빠르게 날라졌다. 게다가 이 지역이 특히 유리했던 것은, 이곳을 통과하는 여러 개의 주(主) 도로들에서 아주 멀리 떨어진 지역들로부터, 도시의 가장 가까운 창고와 작은 지점들에다 밭작물과 농작물을 빠르게 갖다놓고는 그곳에서 다시 모든 종류의 물품을 되가져올 수 있다는 것이었다.

이리하여 가장 결핍을 느끼며 시달리던 지역도 이제는 곤궁함에서 해방되었다. 날쌘 자들에게 그리고 대담한 자들에게 활짝 열려진 빙판을 통해, 한꺼번에 다시 보급이 이뤄졌던 것이다.

우리의 젊은 한 쌍 역시, 많은 의무들이 만족스럽게 이행되는 가운데 사랑스러운 자선 행위를 잊지 않았다. 그들은 저 산모를 방문하여 필요로 하는 모든 것을 갖다 주었으며, 다른 사람들도 찾아보았다. 건강이 염려되던 노파를 방문했으며, 평소 교훈적인 대화를 나누곤 하던 성직자들도 찾아보고 그들이 이 같은 시련 속에서도 여전히 존경할 만한 분들임을 발견하였다. 아주 오래 전 위험한 경사지에 대담하게 밭을 일구었던 소규모 농원의 지주들은 잘 쌓아놓은 댐의 보호를 받아 이번에 해를 입지 않을 수 있었다.

지주들은 농원의 위치 때문에 몹시 걱정을 했던 터라 곱절로 기뻐하였다. 모든 농원, 모든 집, 모든 가족, 그리고 개개인이 모두 할 얘기들을 갖고 있었다. 제각각 자기 자신에게 그리고 아마도 다른 사람들에게도 아주 중요한 사람이 되었다. 그래서 한 사람이 이야기를 하면 다른 사람이 이 이야기에 쉽게 끼어들곤 했다. 각자 서둘러 말하고 빠르게 행동하며 오고 갔다. 왜냐하면 갑자기 날이 풀려 해동이 되면 행복하게 서로 주고받으며 사는 이 고장 사람들을 파멸로 몰아가고, 집주인을 위협하며, 손님들을 집에서 내쫓도록 만들 위험이 여전히 존재하고 있었기 때문이었다.

낮 시간에는 이토록 바쁜 움직임과 생생한 관심에 몰두했다면, 밤은 또 전혀 다른 방식으로 아주 안락한 시간을 제공해 주었다. 얼음을 타는 일은, 그 어떤 다른 육체 운동보다, 아무리 힘들어도 쉽게 더워지지 않고 또 오래 지속해도 쉽게 지치지 않는다는 장점을 갖고 있다. 모든 관절이 유연해지는 듯하고, 아무리 힘을 소모해도 새로운 힘이 솟아나, 결국에는 환희에 찬 편안함이 우리에게 몰려오고, 우리는 그 편안함 속에서 끊임없이 이리저리 흔들리는 듯한 느낌을 받게 된다.

그런데 오늘 우리의 젊은 쌍은 미끄러운 얼음판으로부터 벗어날 수가 없었다. 이미 많은 손님들이 모여 있는 불빛 환한 성 쪽으로 달려가다가는 갑자기 몸을 돌려 다시 저 멀리 빙판까지 타고나가곤 했다. 그들은 서로를 잃어버릴까봐 두려워서 멀리 떨어지지 못하는 듯했고, 서로의 존재를 확인하기 위해 손을 꼭 잡고 있었다. 하지만 이들의 동작 중에서도 가장 달콤한 것은, 서로의 어깨에 팔을 걸치고 귀염스런 손가락들을 무의식적으로 상대방의 곱슬머리 속에 넣고 꼼지락거리는 것이었다.

별들이 반짝이는 밤하늘에 환한 보름달이 솟아올라 이 마력적인 풍경을 완성해 주었다. 젊은 남녀는 서로를 다시 똑똑히 보고, 상대방의 그늘진 두 눈 속에서 언제나처럼 답을 찾으려 했지만, 이번에는 평소와 달라보였다. 그들 두 눈의 심연으로부터는 빛이 뿜어져 나와, 마치 달이 현명하게 침묵한 것을 대신 암시해 주는 듯했다. 그들은 둘 다 축제 같은 안락한 상태에 있음을 느꼈다.

도랑가의 키 큰 수양버들과 오리나무들, 산등성이와 언덕의 키 낮은 덤불들이 분명하게 모습을 드러내었다. 별들이 반짝이고, 날씨는 더 추워졌다. 그러나 그들은 이런 것을 전혀 느끼지 못한 채, 곧바로 하늘의 별들을 향해,

길게 뻗어 반짝이는 달빛 속으로 달려 나갔다. 그러다 그들은 가물거리는 달빛 속에서 어떤 남자의 형체 같은 것이 이리저리 움직이고 있는 것을 발견했다. 자신의 그림자를 쫓고 있는 듯한 그 남자는 빛에 희미하게 둘러싸인 채 그들을 향해 걸어오고 있었다. 그들은, 이 순간 누군가를 만난다면 귀찮을 것이라는 생각에, 부지불식간에 몸을 돌렸다. 그들은 점점 더 이쪽을 향해 움직이는 형체를 피했다. 자신들의 모습을 들키고 싶지 않은 것 같았다. 그들은 성으로 이어지는 똑바른 길로 달려 나갔다. 갑자기 이들의 편안하던 마음은 사라져 버렸다. 왜냐하면 이 남자의 형체가 불안해하는 이 쌍의 주위를 한 번 이상 싸고 돌았기 때문이었다. 이들이 달빛이 비치지 않는 쪽으로 숨어 들어가자, 저쪽은 환한 달빛을 받으며 똑바로 그들을 향해 다가 왔다. 그러다가 그는 그들의 바로 앞에서 멈추어 섰다. 아버지를 몰라볼 수는 없는 일이었다.

걸음을 멈춘 힐라리에는 놀라서 균형을 잃고 그만 바닥으로 넘어졌다. 이와 동시에 플라비오는 한쪽 무릎을 꿇고, 그녀의 머리를 그의 무릎에 받쳤다. 그녀는 얼굴을 파

묻었다. 그녀는 자신에게 어떤 일이 일어났는지 알지 못했다.

"내가 썰매를 가져오마. 저기 아래쪽에 누군가가 지나가는구나. 힐라리에가 다치지 않았으면 좋겠는데. 여기 이 세 그루 키 큰 오리나무 곁에서 너희들을 다시 보다니!"

아버지는 이렇게 말하고 어느새 떠나가려 했다. 힐라리에는 젊은이를 움켜잡았다.

"우리 도망가요!"

그녀는 부르짖었다.

"도저히 못 견디겠어요."

그녀가 성 반대 쪽으로 격렬하게 몸을 움직이는 바람에, 플라비오는 약간 애를 써서 그녀를 붙잡았다. 그는 다정한 말로 그녀를 달랬다.

한밤중 달빛 속, 평평한 얼음판 위에서 길을 잃은 세 사람, 혼란에 빠진 이 세 사람의 마음이 어떠했는지 그려낼 길은 없다. 그들은 늦게야 성에 당도했다. 젊은 쌍은 제각각 몸을 부딪치지 않으려, 또 감히 서로 가까이 다가가려는 생각도 못한 채, 그리고 아버지는 도움이 될까 하고 멀리까지 가서 가져왔지만 아무 쓸모가 없었던 빈 썰매를 끌고서. 음악과 춤은 이미 한창이었다. 힐라리에는 잘못 넘어진 바람에 몸이 아프다는 핑계를 대고 자기 방에 숨었다. 플라비오는 자기가 밖에 나가 없는 동안 자신을 대신했던 몇몇 젊은 동료들에게 계속 춤의 리드와 진행을 맡겼다. 소령은 모습을 나타내지 않았다. 그리고 자신의 방에 도착하여, 예상치 않은 것은 아니지만 그래도, 그 방에 누구 다른 사람이 머물던 흔적을 발견하고는 놀랐다. 자기 자신의 옷가지들, 빨랫감, 이런저런 물건들. 자신이 하던 대로 정돈 되지 않은 채 이리저리 널려있는 것이 다를 뿐이었다. 성의 여주인은 억지로 예의바르게 자신의 의무를 다했다. 그리고 방을 배정받은 손님들이 마침내 다 물러간 후, 남동생과 단둘이 자신의 생각을 얘기할 수 있게 되었을 때, 그녀는 얼마나 기뻤던가. 곧 그렇게 되었다. 하지만 놀라움으로부터 회복되고, 예상치 못했던 일을 파악하고, 의아심을 없애고, 걱정을 달래기 위해서는 시간이 필요했다. 금방 매듭이 풀리고, 정신이 자유로워

지리라고는 생각할 수 없는 일이었다.

 이제, 저 당사자들의 마음속으로 뚫고 들어가 그것을 우리 눈앞에 생생하게 그려 보이기 위해서는, 이 지점 쯤에서 우리의 이야기를 더 이상 묘사하는 방식이 아니라, 얘기하고 관찰하면서 풀어나가야 함을 우리의 독자들은 납득해야 할 것이다. 왜냐하면 앞으로의 모든 일은 이들의 마음 상태에 달려있었기 때문이다.

 우리는 맨 먼저, 소령이 우리의 눈앞에서 사라지고 난 후, 자신의 시간을 계속 저 집안 문제에 쏟아 부어왔음을 보고했었다. 그러면서 이 일이 아무리 간단하고 순조로워 보일지라도, 많은 세세한 부분에서는 예상치 못했던 장애들을 만났다고 얘기했었다. 이리저리 얽혀버린 옛 상태를 해결하고, 뒤엉킨 실들을 하나의 실 뭉치로 감는 일은 도대체가 그리 쉽지 않은 일인 것이다. 이 때문에 그는 자주 이리저리 옮겨 다니며 여러 장소에서 여러 사람들을 만나 일을 해결해야 했었고, 그 바람에 누이의 편지들은 오랜 시간이 걸려 더구나 순서도 뒤죽박죽인 채 그에게 전해졌다. 그는 맨 먼저 아들의 혼란과 병을 알았고, 뒤이어 도무지 이해가 안 되는 아들의 휴가에 대해 들었다. 자신을 향한 힐라리에의 연모의 정이 방향을 바꾸고 있다는 사실을 소령은 모르고 있었다. 어찌 누이가 이 사실을 그에게 알릴 수 있었겠는가.

홍수가 났다는 소식을 듣고 그는 여행을 재촉했으나, 땅이 언 후에야 성의 얼음판 근처에 도착해, 하인들과 말은 에움길로 보낸 후 자신은 스케이트를 만들어 신고, 이미 멀리서부터 환히 불 밝힌 창들을 보면서, 빠른 걸음으로 성을 향해 움직이다가, 대낮처럼 환한 밤에 그토록 불유쾌한 장면을 목격하고는, 그 자신 대단히 혼란스런 상황에 빠져들고 말았던 것이다.

내면의 진실로부터 외면의 현실로 옮겨가는 것은 그 둘이 대조를 이루기 때문에 항상 고통스러운 법이다. 사랑하고 함께 하는 것 역시 이별하고 피하는 것과 같은 권리를 가져야 하는 것이 아닌가? 한 사람이 상대를 떠나 버리면, 그 영혼 속에는 끔찍한 균열이 생기게 된다. 이 균열 때문에 이미 수없이 많은 마음들이 파멸하지 않았던

가. 그렇다. 망상은 지속되는 한 극복할 길 없는 진실이 되어 버린다. 그러니 이제 남성다운 억센 정신이 잘못된 상황을 꿰뚫어 봄으로써 높아지고 강해질 때인 것이다. 그러한 각성은 정신을 자기 자신 위로 끌어 올린다. 이러한 정신의 소유자들은 자기 자신의 위에 우뚝 서서, 옛 길이 막혀있는 가운데서도 재빨리 새로운 길을 찾아 그 길에 새로운 기운으로 용감하게 들어서는 것이다.

우리가 그러한 순간 발견하게 되는 당황스럽고 곤란한 일들이란 무수히 많다. 하지만 또 창의력 있는 정신이 자신의 힘 안에서 발견하게 되는 수단 역시 수없이 많다. 또한 이러한 수단들로 충분하지 않을 때는 그 범위 밖에서 친절하게 암시되는 수단들이 또 있게 마련이다.

참으로 다행스럽게도 소령은 반쯤 깨인 의식 상태에서, 그렇게 하려고 의도적으로 노력하지 않았음에도 불구하고, 이미 마음 깊은 내면에서 이 같은 경우에 대비하고 있었다. 화장술 전문 시종을 떠나보낸 후 원래의 삶의 일과에 자신을 내맡기고 외모에 대한 요구를 중단하면서부터 소령은 자기 자신의 육체에 대한 만족감이 어느 정도 줄

어들었음을 느끼고 있었다. 그는 애초의 연인 상태에서 다정한 아버지의 역할로 넘어가는 불쾌한 기분을 느낄 수밖에 없었다. 그렇더라도 점점 더 아버지의 역할이 그의 마음을 뚫고 들어왔다. 그의 마음속에 언제나 맨 먼저 떠오르는 것은 힐라리에의 운명과 가족에 대한 배려였고, 연인 가까이에 있고 싶은 욕구와 사랑과 애착의 감정은 그 후에야 찾아왔다. 그리고 힐라리에를 자신의 두 팔에 안았을 때 그가 명심한 것도, 그녀를 소유한다는 황홀함보다는, 자기가 그녀에게 만들어주고 싶었던 그녀의 행복이었다. 그가 순수하게 그녀의 기억을 되살리려 할 때면, 그는 먼저 그녀가 고백한 저 하늘과도 같은 애모를 떠올릴 수밖에 없었고, 전혀 뜻밖에 그녀가 그에게 헌신했던 저 순간을 생각하지 않을 수 없었다.

 그러나 이제 청명한 밤에 하나로 합쳐진 젊은 쌍을 눈앞에서 보았을 때, 사랑스런 그녀는 청년의 품에 쓰러지더니, 둘은 도움을 갖고 와 다시 만나자는 자기의 말에 주의도 기울이지 않은 채, 지정해준 장소에서 그를 기다리지도 않고 밤에 사라져 버렸던 것이다. 그 자신이 암울한 상황 속에 남겨졌던 것이다. 누가 이 상황을 함께 느껴줄 것이며, 영혼에서부터 절망하지 않겠는가?

함께 있는 데 익숙했던 가족, 보다 가까이 합쳐지기를 바랐던 가족이 이제 당황하고 부끄러워하며 떨어져 있었다. 힐라리에는 고집스럽게 자기 방에 틀어박혀 있었다. 소령은 정신을 가다듬고 아들로부터 앞서 일어난 사건의 경과를 들으려 했다. 이 재앙은 여자들이 저지르기 마련인, 그 아름다운 과부의 악행에서 빚어진 일이었다. 과부는 열정적인 숭배자 플라비오를, 그에 대한 속마음을 드러낸 또 다른 여성에게 넘겨주지 않기 위해서, 그에게 겉으로 필요 이상의 지나친 호의를 내보였었다. 이로 인해 흥분하고 고무된 플라비오는 무례하다 할 정도로 격렬하게 자신의 목적을 좇았고, 그러자 애초에는 좀 불쾌한 일이나 다툼 정도이던 것이 결정적으로 비틀어져 관계가 회복될 수 없을 정도로 끝을 맺고 말았던 것이다.

자식의 실수가 슬픈 결과를 맺게 될 때, 그보다 더 아버지의 자비로운 마음을 애달프게 하는 것은 없다. 그리고 가능하다면 그 실수에서 회복시켜 주고 싶은 것이다. 그

실수가 예상했던 것보다 용서할 수 있는 것으로 지나가버리면, 그것을 용서해주고 잊어버리고 싶은 것이다. 얼마간 심사숙고하고 의논한 후 플라비오는, 아버지를 대신해 이러저러한 일들을 처리하기 위하여 아버지가 넘겨받은 영지로 떠났다. 그리고 휴가가 끝날 때까지 그곳에서 지내다가, 그동안 다른 수비대로 옮겨간 자신의 연대에 복귀하도록 했다.

소령이 제법 오래 나가있는 동안 누이 집에 쌓인 편지와 소포를 열어보고 처리하는 데는 여러 날이 걸렸다. 여러 편지들 가운데 그는 저 화장술 대가인 친구의, 젊음을 잘 유지하고 있는 그 연극배우의 편지를 발견했다. 떠나간 시종으로부터 소령의 상태에 관하여 또 소령의 결혼계획에 관하여 소식을 들은 이 친구는, 아주 기분 좋아하며 이런 경우 꼭 명심하고 조심해야 할 사항들을 적어놓고 있었다. 연극배우 친구는 이 기회를 자기방식대로 이용, 남자에게 있어 어떤 연령에는 저 아름다운 성(性)을 멀리하고 편안한 자유를 누리는 것이 가장 확실한 화장술 수단이라는 사실을 암시하였다. 소령은 미소 지으며 이 편지를 누이에게 넘겨주었다. 농담처럼 그러나 그 내용의 중요함을 충분히 진지하게 지적하면서. 그러자 소령의 머리 속에 시 한편이 떠올랐다. 그 운율이 즉각 우리에게 떠오르진 않지만, 그 내용은 기품 있는 비유와 우아한 어법으로 인해 아주 출중한 그런 시였다.

늦게 떠오른 달이 밤에 우아하게 빛나더라도 떠오르는 태양 앞에 빛이 바래듯이,
노년의 사랑의 망상은 열정적인 젊음의 출현 앞에 사라져 버리누나.
싱싱하고 힘차 보이는 겨울의 가문비나무는 봄이 되면,
밝은 녹색으로 자라나는 배나무 곁에서,
밤색으로 퇴색해 보이고.

그러나 우리는 여기 최종적인 결심을 위한 결정적 조력자로서, 철학도 문학도 찬양하지 않으려 한다. 왜냐하면 한 작은 사건이 아주 중요한 결과를 낳듯이, 저울이 이쪽이나 저쪽으로 기울면서 생각이 흔들리는 곳에서도 가끔

은 아주 작은 사건이 결정적인 역할을 하게 된다. 얼마 전 소령은 앞니가 빠졌다. 그는 또 하나가 빠질까 봐 겁이 났다. 그의 성격상 인공 이빨을 다시 해 넣는 일은 생각할 수가 없었다. 그리고 이빨도 없이 젊은 연인에게 구애를 한다는 것이 그에게는 아주 굴욕적인 것으로 느껴지기 시작했다. 특히 그녀와 한 지붕 아래 있는 지금 같은 상황에서는 더욱 그러했다. 만약 이빨이 빠지는 그런 사건이 조금 일찍 혹은 조금 후에 일어났더라면 거의 아무런 영향을 미치지 않았을 것이다. 그러나 바로 이 순간, 완벽한 건강에 익숙해 있던 사람에게 생겨난 이 일은 지극히 불쾌한 것으로 받아들여져야 했다. 그에게는 마치, 그의 유기적 존재의 마무리 돌(宗石)이 떨어져나가, 나머지 둥근 지붕도 차츰차츰 무너져 내리려 위협하고 있는 듯이 느껴졌다.

어쨌든지 간에 소령은 곧 통찰력 있게 그리고 이해심을 가지고, 이 혼란스러워 보이는 문제에 대해 누이와 의견을 나누었다. 그들은 둘 다, 에움길을 돌아 그들의 원래 목적지에 도달했음을 시인하지 않을 수 없었다. 그들이 우연히, 외적인 동기에 의해, 경험 없는 아이의 실수에 잘 못 이끌려, 분별없이 멀어져 갔던 그 목적지에 아주 가까이 다가서 있음을. 그들은 이제 이 길을 고수하는 것보다 더 자연스런 일은 없음을 발견했다. 즉 두 아이의 결합을 이끌고, 그들에게 부모로서의 모든 보살핌을 - 그들은 이를 위한 수단을 마련할 줄 알고 있었다 - 성실하게 끊임없이 베푸는 것 말이다. 동생과 완전한 의견의 일치를 본 남작부인은 힐라리에의 방으로 갔다. 그랜드피아노 앞에 앉아 자신의 반주에 맞춰 노래를 부르고 있던 힐라리에는, 들어서며 인사하는 어머니에게 맑은 시선으로 머리를 숙여 대답하면서 흡사 들어보라고 초대하는 듯한 태도를 취했다. 그것은 마음을 가라앉혀주는 편안한 노래였다. 더 이상 바랄 것 없이 좋은 상태의, 노래 부르는 이의 기분을 말해주는 노래였다. 노래를 끝내고 몸을 일으킨 그녀는 사려 깊은 어머니가 긴 말을 시작하기 전에 먼저 말을 시작했다.

"어머니! 그 중요한 사건에 대해 아무 말씀 않고 계셔주셔서 참 좋았어요. 어머니가 지금까지 제 심기를 건드리지 않아 주셔서 고마웠어요. 그렇지만 이제 어머니가 좋으시다면 서로 설명을 해야 할 시간이 된 것 같군요. 이 일을 어떻게 생각하세요?"

남작부인은 딸의 기분이 평화롭고 온화한 것을 발견하고 몹시 기뻤다. 그래서 즉각 남동생의 인품이며 그의 공적 등 지나간 시절의 일들을 딸이 이해하기 쉽게 설명하였다. 그녀는, 한 젊은 처녀의 가까이에서 그토록 가치 있다고 알려진 유일한 남자가 그 처녀의 자유로운 마음에 어쩔 수 없이 불러일으키기 마련인 감정을 시인했다. 그로부터 어린아이같이 순진한 존경심이나 신뢰감이 아니라, 그것이 연모의 감정으로, 사랑으로, 열정으로 나타날 수도 있음을 인정했다. 힐라리에는 주의 깊게 들었다. 그리고 수긍하는 표정과 표시로 어머니에게 전적으로 동의함을 암시하였다. 어머니의 이야기는 아들에게로 넘어갔다. 딸은 긴 속눈썹을 내리깔았다. 아버지를 얘기하며 제시했던 칭찬할 만한 근거들을 아들에 대해서는 그리 많이 찾아내지 않았다. 어머니는 주로 두 부자의 닮은 점을, 그리고 '젊음'이 아들에게 부여하고 있는 장점을 얘기하는

데에 머물렀다. 그리고 아들이 완벽하게 어울리는 인생의 반려자로 선택될 경우, 이 장점은 젊은 시절 아버지 존재의 완벽한 실현을 약속하고도 남는다고 강조하였다. 여기서도 힐라리에는 같은 생각인 듯 동조하는 것 같았다. 비록 약간 진지해진 눈빛과 가끔 내리까는 두 눈이 이 경우 지극히 자연스런 내적인 마음의 동요를 내비치긴 했지만 말이다. 자연스럽게 대화는, 어느 정도 어쩔 수 없이 요구되는, 다행스럽게 진행된 외적 상황으로 옮아갔다. 잘 마무리된 타협, 현재로서 얻게 될 상당한 이익, 그리고 사방으로 확대될 전망 등 모든 것이 진실 그대로 눈앞에 펼쳐졌다. 마지막으로, 힐라리에 자신이 기억해야 하는 바, 그녀가 함께 자라난 사촌과 비록 농담처럼 이긴 하지만 약혼도 했었다는 암시까지 남작부인은 빼놓지 않았다. 어머니는 이 모든 이야기로부터 자연스럽게 도출되는 결론을 이야기했다. 어머니 자신과 숙부의 동의하에 젊은 두 사람은 지체 없이 결합할 수 있다는 것이었다.

힐라리에는 조용히 눈을 들어, 이 요구를 금방 그렇게 받아들이지는 못하겠노라고 대답했다. 그리고는 아름답고도 우아하게, 이런 경우 다정한 마음이 느껴음직한 것들을 피력하였다. 우리가 이를 말로써 상세하게 설명할 필요는 없을 것이다.

이성적인 사람들은, 이런 저런 곤경을 어떻게 처리할 것인지, 이런 저런 목표에 어떻게 도달할 것인지를 두고 사려깊이 숙고하고는, 이를 위해 온갖 생각할 수 있는 근거들을 끌어대어 열거하고 분명하게 설명한다. 그러나 자신의 행복을 위해 협력해야 할 당사자가 완전히 다른 생각을 하고 있는 것을 발견하게 되면, 그것도 마음 깊이 자리 잡고 있는 이유에서, 그토록 칭찬할 만하고도 필요한 제안에 저항하는 것을 발견하게 되면, 몹시 충격을 받고 불쾌해진다. 그들은 말을 주고받았지만 서로를 납득시키지는 못했다. 이성적인 것이 감정 속으로 뚫고 들어가려 하지 않았고, 느껴진 것은 필연적인 것에, 유용한 것에 순응하려 하지 않았다. 대화는 열을 띠었고, 이성의 날카로움은 이미 상처 입은 마음을 명중시켰다. 그 마음은 절도를 잃고 이 상황에 대해 격렬하게 반응했으므로, 마침내 어머니는 젊은 아가씨의 품위와 위엄 앞에 놀라서 물러나고 말았다. 딸은 온갖 힘을 다해서 그리고 진심을 다하여, 그 같은 결합의 부당함을, 범죄성을 강조했다.

남작부인이 얼마나 당황하여 남동생에게로 돌아왔는지는 이해할 만한 일이다. 그리고 우리는 비록 완전히는 아니더라도, 소령이 이 결정적인 힐라리에의 거절에 의해 마음 깊은 곳에서부터 아첨 받는 기분임을, 사실 희망은 없지만 그래도 그가 누이 앞에 위로받는 기분으로 서 있음을, 저 수치심에서 몸을 빼어, 아주 민감한 명예의 사안이 돼버린 이 사건이 그의 내면에서 균형을 찾은 것으로 느끼고 있음을 함께 느껴볼 수 있을 것이다. 그는 순간 자신의 마음 상태를 누이에게 숨기고, 이 경우 아주 자연스러운 발언을 하는 것으로 그의 고통스런 만족감을 감추었다. 너무 서두르지 말고, 이제 자명하게 된 그 열린 길을 그 아이가 스스로 밟아나갈 수 있도록 시간을 주자는 것이었다.

그렇더라도 우리는 독자들에게, 당사자들의 내면 상태를 이해했으니 이제 몹시 중요하게 된 외적인 문제로 옮겨가자고 무리하게 요구하기가 어렵다. 그동안 남작부인은 딸에게 음악이나 노래로, 또 스케치나 수놓는 것으로, 날들을 편안하게 보내라고 모든 자유를 허용하였다. 독서와 낭독으로 자기 자신과 어머니를 즐겁게 하라고도 하였다. 그러는 한편 소령은 막 시작되는 봄에 가족의 문제를 처리하느라 몰두하고 있었다. 이 일이 완전히 해결되면 아들은 부유한 토지 소유자가 될 것이고, 의심의 여지없이 힐라리에의 행복한 배우자가 될 것이었다. 아들은 곧 발발할 것 같은 전쟁이 실제로 일어나면, 승진과 명예를 위해 매진하리라 난생처음으로 투지를 불태우고 있었다. 그래서 우리는 이 순간의 안정 속에서, 일종의 변덕스런 마음에 달린 이 수수께끼가 곧 해명되고 해결되리라고, 확실하게 예견할 수 있다고 믿는다.

그러나 유감스럽게도, 이 겉으로 드러난 안정 속에서 마음도 함께 안심되는 것은 아니었다. 남작부인은 매일매일 딸의 마음이 바뀌기를 기다렸으나 소용이 없었다. 딸은 겸손하게, 그리고 드물긴 하지만 그래도 분명하게 의견을 밝혀야 할 때가 되면, 그녀가 확신하는 대로 따르겠다는 것을 확실하게 암시하였다. 그 확신은, 그것이 그녀를 둘러싼 외부 상황과 일치하든 않든 간에, 그녀에게 내적으로 무엇인가 진실한 것이 돼버렸다는 것이었다. 소령은 자신이 분열되어 있음을 깨달았다. 만약 힐라리에가 실제로 아들을 선택한다면 그는 영원히 상처받았다고 느끼게 될 것이었다. 그러나 힐라리에가 그를 선택한다 하더라도, 자기는 그녀의 손을 뿌리쳐야 한다고 확신하고 있었다.

 이 선량한 남자의 눈앞에는 이 걱정, 이 고통이 마치 떠다니는 안개처럼 끊임없이 맴돌고 있었다. 그것은 때로는 밀려오는 일상의 현실과 바쁜 일과의 배경으로 나타났고, 또 때로는 모든 현재의 것을 뒤덮는 것으로 나타났다. 우리는 이 남자에게 연민을 느낀다. 낮에는 긴급한 일들이 쉴 새 없는 활동으로 그를 몰아갔지만, 그러나 밤이 되면 모든 불쾌한 일들이 나타나 그 모습을 바꾸면서 아주 역겨운 원을 그리며 그의 내면을 휘저었다. 이 끊임없이 되풀이되는, 피할 수 없는 일이 그를 거의 절망이라고 불러도 좋을 상태로 몰아갔다. 왜냐하면 다른 때 같으면 이런 상황에서 가장 확실한 치료수단이 될 수 있는 행동과 일이 이번에는 고통을 완화시켜 주기는커녕, 만족스럽게 작용하려 하지도 않았다.

  이런 상황에서 우리의 친구 소령은 모르는 사람으로부터 가까이 자리한 작은 도시의 우체국으로 나와 달라는 초대를 받았다. 그곳에서 한 여행객이 그와 긴급하게 얘기하고 싶어한다는 것이었다. 여러 가지 일을 하고 사람들과 관계를 가지면서 이런 일에 익숙한 소령은, 그 자유롭게 흘려 쓴 글씨체가 기억에 남은 듯 생각되어 지체하지 않고 그곳으로 나갔다. 자신의 성격대로 조용히 그리고 침착하게 지정된 장소에 나간 그는, 자기도 알고 있는 거의 시골풍의 다락방에서 그 아름다운 과부가 마주 오는 것을 보았다. 지난 번 이별했을 때보다 한층 더 아름다워지고 우아한 모습이었다. 우리의 상상력에는 아주 탁월한 것을 꼭 붙잡아두고, 그것을 다시 완벽하게 우리 눈앞에 재현시키는 능력이 없는 것인가? 아니면 실제로 요동치는 마음의 상태가 그녀에게 보다 많은 매력을 더 얹어준 것일까? 그의 놀라움, 그의 혼란을 일반적인 정중함의 외관 밑에 감추기 위해서는 평소보다 곱절 더 침착함이 필요했다. 그는 당황함이 뒤섞인 차가운 태도로 정중히 그녀에게 인사했다.

"그렇게 굴지마세요. 친구시여!"

그녀는 부르짖었다.

"그렇게 하시라고 그대를 이 회벽 칠 한 사방 벽들 사이로, 이 보잘 것 없는 방으로 오시라고 한 게 아니랍니다. 이 보잘 것 없는 집기들의 방에서 고상하게 이야기를 나누기가 그리 적절치는 않습니다만, 저는 이 무거운 짐을 제 가슴에서 벗겨내야만 하겠습니다. 제가 그대의 집안에 많은 화를 불러왔다는 사실을 고백합니다."

소령은 흠칫 놀라면서 뒤로 물러섰다.

"모든 걸 알고 있답니다."

그녀는 말을 이었다.

"서로 설명을 할 필요는 없습니다. 그대와 힐라리에, 힐라리에와 플라비오, 그대의 선량한 누이, 모두를 안타깝게 생각합니다."

그녀는 말문이 막히는 듯했다. 그 찬란한 두 눈은 넘쳐

흐르는 눈물을 억제하지 못했다. 두 뺨이 붉어지면서 그녀는 그 어느 때보다도 아름다웠다. 지극히 혼란스런 가운데 그 늙은 남자는 그녀 앞에 서있었다. 알지 못할 감동이 그를 엄습했다.

"앉으시지요."

그 사랑스러운 존재가 두 눈을 닦으며 말했다.

"절 용서하세요, 절 불쌍히 여겨주세요. 제가 얼마나 벌받고 있는지 아시겠지요."

그녀는 수놓인 손수건을 재차 눈앞에 대고, 그녀가 비통하게 울고 있는 모습을 감추었다.

"고귀한 이여, 제게 설명을 해보세요."

그가 조급하게 말했다.

"전혀 고귀하지가 않답니다!"

그녀가 하늘 같은 미소를 지으며 대꾸했다.

"저를 그냥 친구라고 불러주세요. 저보다 더 성실한 친구는 없을 겁니다. 친구시여, 전 모든 걸 알고 있답니다. 당신 가족 전부의 상황을 자세하게 알고 있고, 가족 분들의 생각과 괴로움도 잘 알고 있어요."

"어떻게 그렇게까지 아시게 되셨나요?"

"자기 고백 때문이지요. 이 필적이 낯설지는 않으실 거예요."

그녀는 몇 장의 접혀진 편지를 그에게 내밀었다.

"제 누이의 글씨로군요. 편지들이 여러 장이네요. 이 흘려 쓴 글씨를 보니 낯이 익군요! 그렇담 제 누이와 아는 사이셨나요?"

"직접적으로는 아니에요. 얼마 전부터 간접적으로 알게 되었지요. 여기 수신인 주소를 보세요. 'ㅇㅇㅇ에게'라고 되어 있지요."

"또 하나의 수수께끼로군요. '마카리에게'라니. 모든 여성분들 중에서도 가장 과묵한 분이 아니십니까?"

"그 때문에 가장 믿을 수 있는 분이지요. 길을 잃어버린, 그래서 자신을 다시 찾고 싶지만 어디로 가야 할지 모르는, 모든 억눌린 영혼들이 고해성사를 바치는 상대이기도 하구요."

"천만다행이로군요!"

그는 소리쳤다.

"이런 중재자가 있었다니요. 만약 제가 그녀에게 간청을 했더라면 어울리지 않았을 겁니다. 제 누이가 이런 일을 했다니 축복이라도 하고 싶군요. 저 탁월하신 분이 마치 도덕적으로 신비한 거울을 들고 있는 듯해서 그 거울이 외형적으로 혼란에 빠진 모습을 비추면 그 불행한 자에게 그의 순수하고도 아름다운 내면이 비추어져서, 갑자기 그를 자기 자신에게 만족하게 만들고 새로운 삶으로 인도한다는 예들을 저도 알고 있습니다."

"그 분은 제게도 그 선행을 베풀어 주셨답니다."

그 아름다운 여인이 대꾸했다. 그리고 이 순간 우리의 친구 소령은, 아직 분명치는 않다 하더라도, 그래도 결정적으로, 평소에는 자기 특성 속에만 갇혀있던 이 진기한 존재로부터 윤리적으로 아름답고, 동정할 줄 아는 관대한 영혼이 태어나는 것을 느꼈다.

"저는 불행하지는 않았지만, 늘 불안했답니다."

그녀는 말을 이었다.

"저는 제대로 제 자신에게 소속되지 못했답니다. 그 말은 결국 행복하지 못했다는 얘기지요. 저는 제 자신이 마음에 들지 않았답니다. 저는 하고 싶은 대로 거울 앞에 나설 수가 없었답니다. 늘 가장무도회에 가기 위해 차려입은 것처럼 느꼈지요. 하지만 마카리에 부인이 제게 그 거울을 비춰주신 후부터, 우리가 우리 내면에서부터 스스로를 가꿀 수 있음을 깨닫게 해주신 후부터, 저는 다시 저 자신도 아름답게 여겨진답니다."

그녀는 미소 짓기도 하고 울기도 하면서 이렇게 말했다. 그리고 그녀는, 인정할 수밖에 없는 사실인데, 사랑스러움 이상의 존재였다. 그녀는 존경할 만하고 그리고 영원히 성실하게 추종할 만한 가치가 있는 존재처럼 보였다.

"그러니 친구여, 이제 요약하지요. 여기 편지들이 있습니다! 읽고 또 읽고 생각해 보세요. 한 시간 정도면 되실 겁니다. 원하신다면 조금 더 시간이 필요할지도 모르지요. 그런 다음 몇 마디 말로써 우리의 상태를 결정짓도록 하지요."

그녀는 그를 남겨 놓은 채 마당으로 나가 이리저리 거닐었다. 소령은 남작부인과 마카리에 부인이 주고받은 편지들을 펼쳤다. 이 편지들의 내용은 이미 우리가 요약해서 암시한 바이다. 남작부인은 저 아름다운 과부에 대해 한탄하고 있었다. 한 여자가 다른 여자를 어떻게 보고 있는지, 얼마나 날카롭게 판단하고 있는지 드러났다. 남작부인의 편지에서 원래 언급되고 있는 것은 외적인 것, 그리고 발언들인 것이지, 저 과부의 내면에 대해서는 묻고 있지도 않았다.

이에 대해 마카리에 부인의 편에서는 보다 관대한 판단을 내리고 있었다. 과부의 존재를 내면에서부터 묘사하고 있었다. 외형적인 것은 우연의 결과로 비난할 것이 못되며, 어쩌면 용서할 수도 있는 것이라고. 그러자 남작부인은 아들의 대담하고도 난폭한 행동에 대해, 젊은 쌍의 자라나는 연정에 대해, 아버지의 도착과 힐라리에의 단호한 거절에 대해 쓰고 있었다. 어디에서나 마카리에의 대답은 순수한 공정함에서, 철저한 확신에서 우러나고 있었다. 무엇보다도 여기 윤리적인 개선이 실현되어야 한다는 것이었다. 마카리에는 마침내 이 편지 묶음을 저 아름다운 여인에게 보냈고, 저 여인의 지극히 아름다운 내면이 겉으로 드러나면서 이제 그 외형도 빛나기 시작했던 것이다. 이 모든 일은 마카리에 부인에게 감사의 답장을 보내는 것으로 끝난다.

작품 해설 / 김숙희

〈쉰살의 남자〉와 《편력시대》

〈쉰 살의 남자〉는 원래 괴테Johann Wolfgang von Goethe (1749~1832)의 마지막 장편소설 《빌헬름 마이스터의 편력시대 -체념하는 사람들》(이하《편력시대》)에 삽입되어 있는 노벨레(Novelle : 단편 작품)이다. 장편소설 《편력시대》는 주인공 빌헬름이 겪게 되는 인생역정(구체적으로는 신대륙으로의 이주(移住) 결사에 가담하여 구급의사가 되는 길)을 본 줄거리로 하여, 중간 중간에 본 줄거리와는 별 상관없는 다섯 편의 노벨레가 삽입된 특이한 구조로 되어있다. 이 작품 〈쉰 살의 남자〉에도, 《편력시대》 전체를 관통하며 등장하는 마카리에 부인이 잠깐 해결사로 나오긴 하지만, 이 노벨레는 《편력시대》로부터 따로 떼 내어 읽어도 전혀 무리가 없는 그런 작품이다.

《편력시대》는 제1판이 1821년에 발표되었고, 제2판이 나온 것은 죽기 3년 전인 1829년이었다. 여기 번역된 것은 최종판인 제2판에 들어있는 텍스트이다. 〈쉰 살의 남자〉가 괴테의 일기에 맨 처음으로 언급된 것은 1803년 10월 5일, 그리고 젊은 처녀 울리케 폰 레베초프에 대한 괴테의 사랑이 절정에 달했던 1823년 8월 5일의 일기에도 이 작품에 대한 언급이 나온다. 또 이 작품이 《편력시대》에 삽입되기 전 그 앞부분이 코타Cotta 출판사에서 발간된 《1818년 숙녀들을 위한 포켓북Taschenbuch für Damen auf das Jahr 1818》에도 들어가 있었던 것을 보면, 괴테가 이 소품에 대해 오랜 시간 애정을 갖고 손질해온 것을 알 수 있다.

연령의 이중 불균형, 부자간의 라이벌 관계

인간의 평균 수명이 여든 가까이 되고, 아흔을 넘어 장수하시는 어르신들도 주변에서 드물지 않게 보게 되는 현재의 상황과 비교해 보자면, 당시의 쉰 살은 현재의 최소 예순이 넘은 나이에 해당된다고 할 수 있을 것이다. 노년에 들어선 한 남자가 겪게 되는 연정과 사랑을 둘러싼 혼란 – 이 작품에 드러난 주제를 이렇게 보아도 틀리지는 않을 것이다. 사실《편력시대》에 들어있는 노벨레들 가운데〈쉰 살의 남자〉만큼 많이 다뤄진 작품도 없는데, 그 많은 논문들 대부분이, 최근의 논문에 이르기까지,〈쉰 살의 남자〉를 그렇게 보고 있다. 즉 이 작품을 "연령의 이중 불균형"과 "부자간의 라이벌 관계"로 보는, 혹은 '존재와 겉모습(외관) 간의 불일치'를 다룬 것으로 보는 해석 전통이 쭉 이어져오고 있는 것이다. 물론 플라비오와 힐라리에의 결혼에 대한 암시, 소령과 아름다운 과부의 맺어짐에 대한 암시로 끝나는 소설의 결말을 생각해 본다면, 삼촌과 질녀 간의 "부자연스런(?) 연모"의 정이 "젊음에게는 젊음, 늙음에게는 늙음"으로의 자연스러운 수정(修正)으로 귀결되는 것에 이 작품의 핵심이 있다고 보는 것은 틀린 것이 아니다. 그러나 그렇게만 단순하게 해석하는 것은 이 세련된 작품을 너무 통속적으로 만드는 것이 아닐까 싶다.

과연 자연스런 연령 간의 결합이라는 것이 있기는 한 것일까? 물론 우리는 지금, 비슷한 연령들 간의 결합, 남녀가 동갑이거나 남자가 여자보다 두세 살 혹은 네다섯 살 많은, 혹은 여성의 나이가 남성보다 많더라도 네다섯 살 정도, 신부의 나이가 신랑보다 열 살 넘게 많으면 예외가 되는, 그런 세상에 살고 있다. 그래서 그것이 우리 나름대로의 자연스러운 기준이라고 정해 놓고 있다. 그러나 괴테가 살던 시대만해도 반드시 그런 것은 아니었다. 괴테의 어머니는 그의 아버지보다 스물한 살 연하였다. 인구통계학 연구에 따르면 18세기에는 자주 산욕으로 혹은 그 후유증으로 세상을 뜨는 여성들의 높은 사망률 때문에 비대칭적 부부관계는 예외가 아니었다. 그것은 거의 일반적인 일이었으며, 결코 '자연에 반(反)하는' 것이 아니었다. 청년시절 7년 연상의 여인(폰 슈타인 부인)을 얻기 위해 10년 세월을 고투했고 (괴테와 폰 슈타인 부인과의 관계는 괴테가 1786년 이탈리아 여행에 오름으로써 끝나게 된다), 마침내 16살 연하의 여성을 인생의 반려로 맞아 들였으며(괴테는 평민출신의 크리스티아네 불피우스와 만나 동거하다가, 아들 아우구스투스를 낳은 후 그녀와 정식 결혼했다), 일흔네 살의 고령에 열아홉살 처녀(울리케 폰 레베초프)에게 구혼했던 시인이 정말이지 "젊음에게는 젊음, 늙음에게는 늙음"만을 말하려 했던 것일까?

소설 첫머리에서 우리는 소령에 대한 질녀 힐라리에의 연정을 알게 된다. 원래 소령과 누이는 힐라리에와 소령의 아들인 플라비오를 맺어주려 계획하고 있었는데 그 중요한 이유는 가문의 재산을 보호하기 위해서이다. 그러나 딸의 마음이 자신에게 향해있다는 누이의 전언에 소령의 마음도 흔들리기 시작한다. 그가 아들 대신 자신을 힐라리에의 상대로 내세우는 외적인 핑계는 집안의 재산을 지키기 위해서이지만, 그러나 이 같은 상황의 변화를 통해 그는 남성으로서의 자신을 깨닫게 된다. 소설 서두에서 소령이 아버지 같은 애정과 함께, "조금 전과는 다른 눈으로 그 아이를 보고"있다는 문장에서 우리는 소령이 힐라리에를 한 여성으로 느끼게 되는 것을 알 수 있다. 에로스는 한번 불려나오면 쉽사리 물리칠 수 없는 것인지도 모른다. 누이(남자부인)의 간접 고백에 의해, 그리고 "저는 영원히 당신 것이에요"라는 힐라리에의 직접 고백에 의해, 젊은 처녀와의 결합을 가능한 것으로 여기게 되면서부터 예전의 아버지 같던 소령의 태도는 변하게 된다. 이렇게 보면 〈쉰 살의 남자〉는 남녀관계를 규정하는 데 있어서의 불확실성에 관한 텍스트이기도 하다.

회춘 기술, 의료 화장술

젊은 아가씨와의 결합을 앞에 둔 소령이 회춘의 기술(?)을 절실히 필요로 하는 바로 그 순간, "효과 좋은 화장술"에 정통한 연극쟁이 친구가 나타난 것은 코믹한 우연일 것이다. 이와 함께 나무의 비유에서부터 화장의 회춘술, 그리고 원기를 북돋우는 잠에 이르기까지, 다시 깨어난 주인공의 육체의 감각이 자세하게 묘사된다. 연극쟁이 친구의 에피소드와 그것에 연결된 존재와 겉모습의 관계에 대한 물음은 유모러스하고 희극적인 하나의 막간극이랄 수 있겠다. 유혹 당함으로써 오히려 인간적임을 증명하는 소령은 그러나 마음 속 깊은 곳에서는 그의 진짜 나이를 인식하고 있다. 말하자면 화장의 기술이라는 것을 진심으로 믿지는 않는 것이다. 첫 번째 화장술 시술 후 화자는 싱긋이 웃는 듯한 어조로 말하고 있다. "우리가 그의 영혼 속으로 뚫고 들어가 말해본다면 …… 그는 미라가 된 것 같은 느낌이 들었다."

이 화장술에 대한 묘사나 설명은 우리 현대인이 최대의 화두로 삼고 있는 '몸에 대한 담론'을 이끌어 들이고 있다는 점에서도 관심을 끈다. 이 작품에 나타난 소령의 "화장술 치료"는 사회사적, 정신사적, 그리고 인류학적 맥락에서 살펴볼 필요가 있다. 서양에는 예로부터 남성의 화장을 부정적인 것으로 보는 화장 비판적인 토포스(고대 수사학에서 일반적으로 인정된 관점)가 지배해 왔다. 고대 그리스의 소크라테스는 남성의 화장을 명예에 어긋나는 수치스런 것으로 생각했으며, 중세 역시 화장을 죄악시했고, 18세기 말에 이르러 시민계층 역시 궁정에서의 과장

된 신체꾸미기를 비판했었다. 〈쉰 살의 남자〉에서의 소령의 화장술 이용은, 언뜻 보기엔 늙어가는 남성의 육체적 결함을 창피스럽게 덮어 바르는 행위로 보일지도 모른다. 그러나 그보다는 소령의 화장술 요법을, 육체의 '건강 유지'를 위한 화장술 테크닉이라는 당시의 대중 의료적 담론의 배경에서, 즉 '의료화장술 담론'의 배경에서 해석하는 것이 보다 더 잘 이 작품을 이해하는 길일 것이다. 이 의료 화장술은 괴테에게서 인간의 교양과 완벽함을 이루는 일부였다. 새로운 화장술 시종이 그에게 권하는 화장술 응용법은 정확히 당시의 대중의료 "화장술 교본"에 실린 충고와 일치하며, "건강하다는 가상(假像)"을 불러일으킬 뿐 아니라 "건강 자체"를 제대로 유지하는 것을 목표로 하고 있다. 치료효과가 좋은 포마드가 "밤사이"에 효력을 발하기 위해 잠자리에 들기 직전 이것을 발라야한다는 사실 같은 것도 의료적인 효과를 노린 것이다. 이는 아침 식사 후의 목욕이나 "절도"와 "기분전환"에도 그대로 적용된다. 말하자면 단순히 일시적으로 늙음을 덮어 감추기 위한 시도가 아닌 것이다. 이 모든 권고는, 건강이 아름다움(美)의 가장 중요 조건이며, 건강과 아름다움에 대해서는 당사자 자신이 어느 정도 책임을 져야한다는 계몽주의 의학의 의도에도, 또 육체에 대한 당시의 견해에도 일치한다. 말하자면 그 당시에 육체의 담론은 벌써 몸을 엄격한 금기의 대상으로서가 아니라 아름다움과 연결시켜 생각했던 것이다. 이렇게 보자면, 자신의 외모에 대한 소령의 근심은 다시 깨어난 허영심－이는 연극배우에게서는 "자기 자신에 대한 기쁨"으로 표현 된다－의 징후라기보다는, 젊은 연인으로 인해 빚어진, 자기 자신의 육체가 내보이는 노쇠현상에 대한 관심의 표현이라고 하겠다.

 괴테에게 있어 육체의 변화는 결코 외적인 것이 아니었다. 그것은 자기 지각(知覺) 혹은 자기인 식의 중심을 관통하는 것이다. 그리고 이 같은 자기에 대한 지각은 주로 육체의 고장을 통해 나타난다. 소설 첫머리에서 소령에 대한 힐라리에의 사랑이 소령으로 하여금 그동안 잊어버렸던 에로틱한 육체의 광채를 환기시켜 주었다면, 이 사랑이 끝나갈 때 그의 빠져버린 '앞 이빨'은 그를 나이 듦의 어쩔 수 없는 상황과 대면케 하고, 힐라리에를 포기하도록 만든다. 그러나 소령이 획득한 에로틱한 반응능력은 사랑의 포기와 함께 상실되는 것이 아니라, 소설의 끝에서 아름다운 과부와의 결합으로 이어진다.

과부와 소령 : 지갑과 사냥시

소령이 아들을 찾아가고, 장원(莊園)으로부터 수비대의 도시로 장소가 바뀌면서 비로소 아들의 관점에서 새로운 쌍의 구성이 시선에 들어온다. 플라비오와 젊은 과부의 결합 – 여기서는 명백하게 "열정"의 감정이 언급된다. 아들은 아버지에게 과부가 자신에게 "다정한 호의"를 보이고 있다고 주장하지만, 소령은 아들에 대한 과부의 태도에서 그녀가 누구에게나 베푸는 "그저 (…) 가벼운 호의"만을 인식한다. 아들보다 상황을 더 잘 알고 있음에도 불구하고 아버지는 아들이 원하는 결합을 도우려고 애쓴다. 그리고 이 아름다운 과부에 대한 소령의 반응은, 아들과의 결합에 대해 회의적임에도 불구하고, 독자들의 어안이 벙벙할 만큼 긍정적이다. 눈에 보일 듯이 묘사된 과부 집의 방문, 그리고 과부가 손수 정성들여 짠 지갑과 사냥시에 대한 상징적인 커뮤니케이션은 여기 중매인(즉 소령)이 신랑이 될 수도 있다는 우스꽝스러운 가능성을 암시해 준다. 아름다운 과부의 화려한 수공예 물건은 그때까지는 분명 주려고 정해진 사람이 없었다. 얼마 전 남편의 죽음과 대면했던 과부가 늙음 및 삶으로부터의 이별을 다루고 있는 비가(悲歌)에 대해 소령에게 물은 것은 결코 우연이 아닐 것이다. 소령은 다른 사람의 시를 빌어 자신의 마음의 동요를 감춘다. 그의 절도 있는 대답은 그가 이미 두 번째 방문에서, 오랫동안 열정적으로 이 여인을 갈망해왔던 플라비오보다 더 잘 그녀를 이해하고 있음을 보여준다. 아들과 아버지 간의 말없는 라이벌 관계는 시(詩)로 옮겨지는데, 아름다운 과부는, 무절제한 요구 속에 자신의 욕망을 드러내는 아들의 서정적인 감정 표현보다 소령의 교훈시를 더 평가한다. 어쨌든 지갑과 사냥시는, 소령이 아들과 과부와의 결합을 추진하려는 순간 이미 과부와 소령 간에 사랑의 길을 터주고 있다 하겠다.

  그러나 소령은 아직 자신을 힐라리에의 신랑으로 보고 있다. 서로 다른 장소에서 결혼 준비가 진행된다. 형이 소홀히 한 장원들에서 소령이 앞으로의 결혼생활을 위한 경제적인 토대를 확보하려 애쓰는 동안, 힐라리에는 남작부인과 함께 혼수준비에 여념이 없다. 돌보지 않은 소유지를 제대로 만들어 놓는 일에 여념이 없음에도 불구하고 소령은 과부에게 그가 청년시절 써두었던 시를 찾아내어 과부에게 보낸다. 한편 남작부인의 성에서는 예상 못했던 일이 일어나고 있다. "바깥의 성문을 격렬하게 두드리고 외치는 소리,……" ― 느슨한 서사 문장은 긴박한 생략 문장으로, 차분한 이야기체에서 극적인 현재문으로 변하면서, 안락한 혼수준비의 풍경을 일순에 바꿔버린다. 플라비오는 "오레스트"로 묘사되고, 그가 과부로부터 퇴짜 맞았음을 독자들은 알게 된다. 그리고 플라비오가 회복되는 과정에서 힐라리에와 플라비오는 한 쌍이 된다. 얼음판 위에서의 만남 ― 삼각형 구도 속에서 세 사람은 제각각 자기 자신의 충동 및 갈등과 대결하게 되는 것인데, 이 순간 얼음판 위의 '쉰 살의 남자'는 이 세상에서 가장 외로운 사람처럼 보인다.

    세 사람, 아니 네 사람이 얽힌 이 매듭은 쉽게 풀어질 수 있는 성질의 것이 아니다. 가족은 뿔뿔이 흩어져 제각 각 방에 틀어박힌다. 장소의 흩어짐은 공동체의 파손을 의미하는 것이기도 하다. 단지 화자의 언급을 통해 독자들은 소령에게서, 얼음판 위의 젊은 쌍을 만나기 전에 이미 "연인의 상태에서 다정한 아버지로"의 변화가 시작되어 있었음을 짐작한다. 소령은 언제나 자신의 행복보다 힐라리에의 행복을 더 염두에 두고 있었다는 것이다.

남녀 간의 상호 지각, '파트너 선택의 자유'

이 작품에서 문제가 되는 것은 연령에 맞춘 귀족적 혹은 시민적 부부간 이상(理想)의 실현이 아니다. 작품에서 중요한 것은 파트너 사이에 서로 주고받는 상호 간 지각(知覺)의 문제이다. 즉 당사자들 간에 감각을 주고받는 문제인 것이다. 그래서 〈쉰 살의 남자〉는 파트너 선택의 자유에 관한 텍스트이다. 이 소설은, 남녀관계의 외적인 동기로부터 그 관계의 내적인 근거 짓기로의 이행이 어떻게 일어나는지를 묻는다. 소설은 귀족사회를 배경으로 하고 있지만, 그럼에도 불구하고, 작가 괴테는 신분에 따른 가족정책적인 부부관계를 개인의 책임을 묻는 사적 부부관계로 대치시킨다.

소령은 "우리의" 재산, "우리의" 이득, "우리의" 소유라는 말을 하고 있지만 그는 신분적 의미에서의 가부장이 아니라, 자식들의 운명을 결정하기 전에 그들의 의견을 먼저 알아보려는 다정한 아버지이다. 아들이 아버지에게 자신의 감정 상태를 믿고 털어놓는 그 솔직함은 아버지에 대한 강한 신뢰를 말해 준다. 이 작품에서 에로틱한 감정이 뒤섞인 가족 갈등으로부터 자유로운 이는 아무도 없다. 그러나 작품의 끝에 이르러 소령은 패배자가 아니라, 승리자가 된다. 힐라리에와 플라비오의 결합, 소령과 과부의 결합이 명시적으로 드러나진 않지만, 소령은 과부를 얻으며, 질녀를 돌보고, 가문의 재산도 지키게 됨을 독자들은 짐작할 수 있다. 괴테의 이 단편을 가상(겉모습)으로부터 존재로의 체념적 회귀에 대한 옹호로만 읽어내는 것으로는 부족하다. 늙은이는 늙은이끼리, 젊은이는 젊은이끼리라는 자연스런 귀결(?)을 도출해 내기 위한 텍스트는 아닌 것이다. 〈쉰 살의 남자〉는 삶의 모든 연령에게 일어날 수 있는, 그리고 모든 쌍의 구성에 대한 가능성을 옹호하는, 파트너 사이에 느끼고 교감하는 지각(知覺)을 문제 삼은, 파트너 선택의 자유를 말해주는 텍스트인 것이다. 괴테는 이처럼 낭만적 사랑의 개념이 생겨나기 이전에 이미, 남녀 간에 이리저리 움직이며 부동(浮動)하는 개인감정의 움직임을 이처럼 세밀하게 그려놓을 줄 알았던 것이다. 이런 의미에서 이 작품은 현대적이다.